dtv

Schon Goethe faszinierte die »sonderbare Mischung von Anschauen und Abstraktion«, durch die sich die Poesie von Friedrich Schiller (1759–1805) auszeichnet. Der Geschenkband versammelt in einer repräsentativen Auswahl das lyrische Gesamtwerk des Dichters: Der vertraute Kanon an Balladen und Liedern ist darin ebenso vertreten wie zahlreiche eher unbekannte Gedichte aus allen Schaffensperioden Schillers. Ein ausführliches Nachwort des Herausgebers erzählt von ihrer Entstehungs- und Wirkungsgeschichte und lädt den Leser gleichermaßen zur Wiederbegegnung mit Bekanntem wie zur Entdekkung von Neuem ein.

Der Herausgeber, Prof. Dr. Joseph Kiermeier-Debre, arbeitet neben seiner Tätigkeit als Museumsleiter, Programm- und Ausstellungsmacher auch als Dozent für Neuere deutsche Literatur an der Universität München. Er ist Autor zahlreicher Bücher und Aufsätze und Herausgeber der dtv Bibliothek der Erstausgaben (bisher 60 Bde.).

Friedrich Schiller

Und das Schöne blüht nur im Gesang

Gedichte

Ausgewählt und herausgegeben von
Joseph Kiermeier-Debre

Deutscher Taschenbuch Verlag

Von Joseph Kiermeier-Debre
ist im Deutschen Taschenbuch Verlag erschienen:
Klabund · Das Leben lebt. Gedichte (20641)

Originalausgabe
November 2004
Deutscher Taschenbuch Verlag GmbH & Co. KG,
München
www.dtv.de

Umschlagkonzept: Balk & Brumshagen
Umschlaggestaltung: Catherine Collin unter Verwendung
eines Freskos aus dem Palazzo Spada
(© Corbis/Araldo de Luca)
Gesetzt aus der Bembo 10/12'
Gesamtherstellung: Druckerei C. H. Beck, Nördlingen
Gedruckt auf säurefreiem, chlorfrei gebleichtem Papier
Printed in Germany · ISBN 3-423-13270-1

Inhalt

Das Mädchen aus der Fremde

In einem Tal bei armen Hirten
Erschien mit jedem jungen Jahr,
Sobald die ersten Lerchen schwirrten,
Ein Mädchen, schön und wunderbar.

Sie war nicht in dem Tal geboren,
Man wußte nicht, woher sie kam,
Und schnell war ihre Spur verloren,
Sobald das Mädchen Abschied nahm.

Beseligend war ihre Nähe,
Und alle Herzen wurden weit,
Doch eine Würde, eine Höhe
Entfernte die Vertraulichkeit.

Sie brachte Blumen mit und Früchte,
Gereift auf einer andern Flur,
In einem andern Sonnenlichte,
In einer glücklichern Natur.

Und teilte jedem eine Gabe,
Dem Früchte, *jenem* Blumen aus,
Der Jüngling und der Greis am Stabe,
Ein jeder ging beschenkt nach Haus.

Willkommen waren alle Gäste,
Doch nahte sich ein liebend Paar,
Dem reichte sie der Gaben beste,
Der Blumen allerschönste dar.

Jugendlyrik

Der Abend

Die Sonne zeigt, vollendend gleich dem Helden,
Dem tiefen Tal ihr Abendangesicht,
(Für andre, ach! glückselgre Welten
Ist das ein Morgenangesicht)
Sie sinkt herab vom blauen Himmel,
Ruft die Geschäftigkeit zur Ruh,
Ihr Abschied stillt das Weltgetümmel
Und winkt dem Tag sein Ende zu.

Jetzt schwillt des Dichters Geist zu göttlichen Gesängen,
Laß strömen sie, o HErr, aus höherem Gefühl,
Laß die Begeisterung die kühnen Flügel schwingen,
Zu dir, zu dir, des hohen Fluges Ziel
Mich über Sphären, himmelan, gehoben,
Getragen sein vom herrlichen Gefühl,
Den Abend und des Abends Schöpfer loben,
Durchströmt vom paradiesischen Gefühl.
Für Könige, für Große ists geringe,

Die Niederen besucht es nur –
O GOtt, du gabest mir Natur,
Teil Welten unter sie – nur, Vater, mir Gesänge.

Ha! wie die müden Abschiedsstrahlen
Das wallende Gewölk bemalen,
Wie dort die Abendwolken sich
Im Schoß der Silberwellen baden;

O Anblick, wie entzückst du mich!
Gold, wie das Gelb gereifter Saaten,
Gold liegt um alle Hügel her,
Vergöldet sind der Eichen Wipfel,
Vergöldet sind der Berge Gipfel,
Das Tal beschwimmt ein Feuermeer,
Der hohe Stern des Abends strahlet
Aus Wolken, welche um ihn glühn,
Wie der Rubin am falben Haar, das wallet
Ums Angesicht der Königin.

Schau, wie der Sonnenglanz die Königsstadt beschimmert
Und fern die grüne Heide lacht;
Wie hier in jugendlicher Pracht
Der ganze Himmel niederdämmert;
Wie jetzt des Abends Purpurstrom,
Gleich einem Beet von Frühlingsrosen,

Gepflücket im Elysium,
Auf goldne Wolken hingegossen,
Ihn überschwemmet um und um.

Vom Felsen rieselt spiegelhelle
Ins Gras die reinste Silberquelle
Und tränkt die Herd' und tränkt den Hirt;
Am Weidenbusche liegt der Schäfer,
Des Lied das ganze Tal durchirrt
Und wiederholt im Tale wird.
Die stille Luft durchsumst der Käfer;
Vom Zweige schlägt die Nachtigall,
Ihr Meisterlied macht alle Ohren lauschen,
Bezaubert von dem Götterschall
Wagt itzt kein Blatt vom Baum zu rauschen,
Stürzt langsamer der Wasserfall.
Der kühle West beweht die Rose,
Die eben itzt den Busen schloße,
Entatmet ihr den Götterduft
Und füllt damit die Abendluft.

Ha, wie es schwärmt und lebt von tausend Leben,
Die alle dich, Unendlicher, erheben,
Zerflossen in melodischem Gesang,
Wie tönt des Jubels himmlischer Gesang!
Wie tönt der Freude hoch erhabner Klang!
Und ich allein bin stumm – nein, tön es aus, o Harfe,
Schall, Lob des Herrn, in seines Staubes Harfe.

Verstumm, Natur, umher und horch der hohen Harfe,
Dann GOtt entzittert ihr,
Hör auf, du Wind, durchs Laub zu sausen,
Hör auf, du Strom, durchs Feld zu brausen,
Und horcht und betet an mit mir:
GOtt tuts, wenn in den weiten Himmeln
Planeten und Kometen wimmeln,
Wenn Sonnen sich um Achsen drehn
Und an der Erd vorüberwehn.

GOtt – wenn der Adler Wolken teilet,
Von Höhen stolz zu Tiefen eilet
Und wieder auf zur Sonne strebt.
GOtt – wenn der West ein Blatt beweget,
Wenn auf dem Blatt ein Wurm sich reget,
Ein Leben in dem Wurme lebt
Und hundert Fluten in ihm strömen,
Wo wieder junge Würmchen schwimmen,
Wo wieder eine Seele webt.

Und willst du, HErr, so steht des Blutes Lauf,
So sinkt dem Adler sein Gefieder,
So weht kein West mehr Blätter nieder,
So hört des Stromes Eilen auf,
Schweigt das Gebraus empörter Meere,
Krümmt sich kein Wurm und wirbelt keine Sphäre –
O Dichter, schweig: zum Lob der kleinen Myriaden,
Die sich in diesen Meeren baden,

Und deren Sein noch keines Aug durchdrang,
Ist totes Nichts dein feurigster Gesang.
Doch bald wirst du zum Thron die Purpurflügel
schwingen,
Dein kühner Blick noch tiefer, tiefer dringen,
Und heller noch die Engelharfe klingen;
Dort ist nicht Abend mehr, nicht Dunkelheit,
Der HErr ist dort und Ewigkeit!

Freigeisterei der Leidenschaft

Als Laura vermählt war im Jahr 1782

Nein – länger, länger werd ich diesen Kampf nicht
kämpfen,
Den Riesenkampf der Pflicht.
Kannst du des Herzens Flammentrieb nicht dämpfen,
So fodre, Tugend, dieses Opfer nicht.

Geschworen hab ichs, ja, ich habs geschworen,
Mich selbst zu bändigen.
Hier ist dein Kranz. Er sei auf ewig mir verloren,
Nimm ihn zurück, und laß mich sündigen.

Sieh, Göttin, mich zu deines Thrones Stufen,
Wo ich noch jüngst, ein frecher Beter, lag,
Mein übereilter Eid sei widerrufen,
Vernichtet sei der schreckliche Vertrag,

Den du im süßen Taumel einer warmen Stunde
Vom Träumenden erzwangst,
Mit meinem heißen Blut in unerlaubtem Bunde,
Betrügerisch aus meinem Busen rangst.

Wo sind die Feuer, die elektrisch mich durchwallten,
Und wo der starke, kühne Talisman?
In jenem Wahnwitz will ich meinen Schwur dir halten,
Worin ich unbesonnen ihn getan.

Zerrissen sei, was du und ich bedungen haben,
Sie liebt mich – deine Krone sei verscherzt.
Glückselig, wer, in Wonnetrunkenheit begraben,
So leicht wie ich den tiefen Fall verschmerzt.

Sie sieht den Wurm an meiner Jugend Blume nagen
Und meinen Lenz entflohn,
Bewundert still mein heldenmütiges Entsagen,
Und großmutsvoll beschließt sie meinen Lohn.

Mißtraue, schöne Seele, dieser Engelgüte!
Dein Mitleid waffnet zum Verbrecher mich,
Gibts in des Lebens unermeßlichem Gebiete,
Gibts einen andern schönern Lohn – als dich?

Als das Verbrechen, das ich ewig fliehen wollte?
Entsetzliches Geschick!
Der einzge Lohn, der meine Tugend krönen sollte,
Ist meiner Tugend letzter Augenblick.

Des wollustreichen Giftes voll – vergessen,
Vor wem ich zittern muß,
Wag ich es stumm, an meinen Busen sie zu pressen,
Auf ihren Lippen brennt mein erster Kuß.

Wie schnell auf sein allmächtig glühendes Berühren,
Wie schnell, o Laura, floß
Das dünne Siegel ab von übereilten Schwüren,
Sprang deiner Pflicht Tyrannenkette los,

Jetzt schlug sie laut, die heißerflehte Schäferstunde,
Jetzt dämmerte mein Glück –
Erhörung zitterte auf deinem brennenden Munde,
Erhörung schwamm in deinem feuchten Blick,

Mir schauerte vor dem so nahen Glücke,
Und ich errang es nicht.
Vor deiner Gottheit taumelte mein Mut zurücke,
Ich Rasender! und ich errang es nicht!

Woher dies Zittern, dies unnennbare Entsetzen,
Wenn mich dein liebevoller Arm umschlang? –
Weil dich ein Eid, den auch schon Wallungen verletzen,
In fremde Fesseln zwang?

Weil ein Gebrauch, den die Gesetze heilig prägen,
Des Zufalls schwere Missetat geweiht?
Nein – unerschrocken trotz ich einem Bund entgegen,
Den die errötende Natur bereut.

O zittre nicht – du hast als Sünderin geschworen,
Ein Meineid ist der Reue fromme Pflicht.
Das Herz war *mein,* das du vor dem Altar verloren,
Mit Menschenfreuden spielt der Himmel nicht.

Zum Kampf auf die Vernichtung sei er vorgeladen,
An den der feierliche Spruch dich band.
Die Vorsicht kann den überflüßgen Geist entraten,
Für den sie keine Seligkeit erfand.

Getrennt von dir – warum bin ich geworden?
Weil *du* bist, schuf mich Gott!
Er widerrufe, oder lerne Geister morden,
Und flüchte mich vor seines Wurmes Spott.

Sanftmütigster der fühlenden Dämonen,
Zum Wüterich verzerrt dich Menschenwahn?
Dich sollten meine Qualen nur belohnen,
Und diesen *Nero* beten Geister an?

Dich hätten sie als den Allguten mir gepriesen,
Als Vater mir gemalt?
So wucherst du mit deinen Paradiesen?
Mit meinen Tränen machst du dich bezahlt?

Bestiche man dich mit blutendem Entsagen?
Durch eine Hölle nur
Kannst du zu deinem Himmel eine Brücke schlagen?
Nur auf der Folter merkt dich die Natur?

O *diesem* Gott laßt unsre Tempel uns verschließen,
Kein Loblied feire ihn,
Und keine Freudenträne soll ihm weiter fließen,
Er hat auf immer seinen Lohn dahin!

Resignation

Eine Phantasie

Auch ich war in Arkadien geboren,
Auch mir hat die Natur
An meiner Wiege Freude zugeschworen,
Auch ich war in Arkadien geboren,
Doch Tränen gab der kurze Lenz mir nur.

Des Lebens Mai blüht einmal und nicht wieder,
Mir hat er abgeblüht.
Der stille Gott – o weinet, meine Brüder –
Der stille Gott taucht meine Fackel nieder,
Und die Erscheinung flieht.

Da steh ich schon auf deiner Schauerbrücke,
Ehrwürdge Geistermutter – Ewigkeit.
Empfange meinen Vollmachtbrief zum Glücke,
Ich bring ihn unerbrochen dir zurücke,
Mein Lauf ist aus. Ich weiß von keiner Seligkeit.

Vor deinem Thron erheb ich meine Klage,
Verhüllte Richterin.
Auf jenem Stern ging eine frohe Sage,
Du thronest hier mit des Gerichtes Waage
Und nennest dich Vergelterin.

Hier – spricht man – warten Schrecken auf den Bösen,
Und Freuden auf den Redlichen.
Des Herzens Krümmen werdest du entblößen,
Der Vorsicht Rätsel werdest du mir lösen
Und Rechnung halten mit dem Leidenden.

Hier öffne sich die Heimat dem Verbannten,
Hier endige des Dulders Dornenbahn.
Ein Götterkind, das sie mir *Wahrheit* nannten,
Die meisten flohen, wenige nur kannten,
Hielt meines Lebens raschen Zügel an.

»Ich zahle dir in einem andern Leben,
Gib deine Jugend mir,
Nichts kann ich dir als diese Weisung geben.«
Ich nahm die Weisung auf das andre Leben,
Und meiner Jugend Freuden gab ich ihr.

»Gib mir das Weib, so teuer deinem Herzen,
Gib deine Laura mir.
Jenseits der Gräber wuchern deine Schmerzen.« –
Ich riß sie blutend aus dem wunden Herzen
Und weinte laut und gab sie ihr.

»Du siehst die Zeit nach jenen Ufern fliegen,
Die blühende Natur
Bleibt hinter ihr – ein welker Leichnam – liegen.
Wenn Erd und Himmel trümmernd auseinanderfliegen,
Daran erkenne den erfüllten Schwur.«

»Die Schuldverschreibung lautet an die Toten«,
Hohnlächelte die Welt,
»Die Lügnerin, gedungen von Despoten,
Hat für die Wahrheit Schatten dir geboten,
Du bist nicht mehr, wenn dieser Schein verfällt.«

Frech witzelte das Schlangenheer der Spötter:
»Vor einem Wahn, den nur Verjährung weiht,
Erzitterst du? Was sollen deine Götter,
Des kranken Weltplans schlau erdachte Retter,
Die Menschenwitz des Menschen Notdurft leiht?

Ein Gaukelspiel, ohnmächtigen Gewürmen
Vom Mächtigen gegönnt,
Schreckfeuer, angesteckt auf hohen Türmen,
Die Phantasie des Träumers zu bestürmen,
Wo des Gesetzes Fackel dunkel brennt.

Was heißt die Zukunft, die uns Gräber decken?
Die Ewigkeit, mit der du eitel prangst?
Ehrwürdig nur, weil schlaue Hüllen sie verstecken,
Der Riesenschatten unsrer eignen Schrecken
Im hohlen Spiegel der Gewissensangst;

Ein Lügenbild lebendiger Gestalten,
Die Mumie der Zeit,
Vom Balsamgeist der Hoffnung in den kalten
Behausungen des Grabes hingehalten,
Das nennt dein Fieberwahn – Unsterblichkeit?

Für Hoffnungen – Verwesung straft sie Lügen –
Gabst du *gewisse* Güter hin?
Sechstausend Jahre hat der Tod geschwiegen,
Kam je ein Leichnam aus der Gruft gestiegen,
Der Meldung tat von der Vergelterin?«

Ich sah die Zeit nach deinen Ufern fliegen,
Die blühende Natur
Blieb hinter ihr, ein welker Leichnam, liegen,
Kein Toter kam aus seiner Gruft gestiegen,
Und fest vertraut ich auf den Götterschwur.

All meine Freuden hab ich dir geschlachtet,
Jetzt werf ich mich vor deinen Richterthron.
Der Menge Spott hab ich beherzt verachtet,
Nur *deine* Güter hab ich groß geachtet,
Vergelterin, ich fodre meinen Lohn.

»Mit gleicher Liebe lieb ich meine Kinder,«
Rief unsichtbar ein Genius.
»Zwei Blumen«, rief er, »– hört es, Menschenkinder –
Zwei Blumen blühen für den weisen Finder,
Sie heißen *Hoffnung* und *Genuß*.

Wer dieser Blumen *eine* brach, begehre
  Die andre Schwester nicht.
Genieße, wer nicht glauben kann. Die Lehre
Ist ewig wie die Welt. Wer glauben kann, entbehre.
  Die Weltgeschichte ist das Weltgericht.

Du hast *gehofft,* dein Lohn ist abgetragen,
  Dein *Glaube* war dein zugewognes Glück.
Du konntest deine Weisen fragen,
Was man von der Minute ausgeschlagen,
  Gibt keine Ewigkeit zurück.«

An die Freude

Freude, schöner Götterfunken,
  Tochter aus Elysium,
Wir betreten feuertrunken
  Himmlische, dein Heiligtum.
Deine Zauber binden wieder,
  Was der Mode Schwert geteilt;
Bettler werden Fürstenbrüder,
  Wo dein sanfter Flügel weilt.

Chor

  Seid umschlungen, Millionen!
    Diesen Kuß der ganzen Welt!
    Brüder – überm Sternenzelt
  Muß ein lieber Vater wohnen.

Wem der große Wurf gelungen,
  Eines Freundes Freund zu sein;
Wer ein holdes Weib errungen,
  Mische seinen Jubel ein!
Ja – wer auch nur *eine* Seele
  Sein nennt auf dem Erdenrund!
Und wers nie gekonnt, der stehle
  Weinend sich aus diesem Bund!

Chor

Was den großen Ring bewohnet,
  Huldige der Sympathie!
  Zu den Sternen leitet sie,
Wo der *Unbekannte* thronet.

Freude trinken alle Wesen
  An den Brüsten der Natur,
Alle Guten, alle Bösen
  Folgen ihrer Rosenspur.
Küsse gab sie *uns* und *Reben,*
  Einen Freund, geprüft im Tod.
Wollust ward dem Wurm gegeben,
  Und der Cherub steht vor Gott.

Chor

Ihr stürzt nieder, Millionen?
  Ahndest du den Schöpfer, Welt?
  Such ihn überm Sternenzelt,
Über Sternen muß er wohnen.

Freude heißt die starke Feder
    In der ewigen Natur.
Freude, Freude treibt die Räder
    In der großen Weltenuhr.
Blumen lockt sie aus den Keimen,
    Sonnen aus dem Firmament,
Sphären rollt sie in den Räumen,
    Die des Sehers Rohr nicht kennt.

Chor

Froh, wie seine Sonnen fliegen,
    Durch des Himmels prächtgen Plan,
    Laufet, Brüder, eure Bahn,
Freudig wie ein Held zum Siegen.

Aus der Wahrheit Feuerspiegel
    Lächelt *sie* den Forscher an.
Zu der Tugend steilem Hügel
    Leitet *sie* des Dulders Bahn.
Auf des Glaubens Sonnenberge
    Sieht man *ihre* Fahnen wehn,
Durch den Riß gesprengter Särge
    Sie im Chor der Engel stehn.

Chor

Duldet mutig, Millionen!
    Duldet für die beßre Welt!
    Droben überm Sternenzelt
Wird ein großer Gott belohnen.

Göttern kann man nicht vergelten,
Schön ists, ihnen gleich zu sein.
Gram und Armut soll sich melden,
Mit den Frohen sich erfreun.
Groll und Rache sei vergessen,
Unserm Todfeind sei verziehn,
Keine Träne soll ihn pressen,
Keine Reue nage ihn.

Chor

Unser Schuldbuch sei vernichtet!
Ausgesöhnt die ganze Welt!
Brüder – überm Sternenzelt
Richtet Gott, wie wir gerichtet.

Freude sprudelt in Pokalen,
In der Traube goldnem Blut
Trinken Sanftmut Kannibalen,
Die Verzweiflung Heldenmut – –
Brüder, fliegt von euren Sitzen,
Wenn der volle Römer kreist,
Laßt den Schaum zum Himmel sprützen:
Dieses Glas dem guten Geist.

Chor

Den der Sterne Wirbel loben,
Den des Seraphs Hymne preist,
Dieses Glas dem guten Geist
Überm Sternenzelt dort oben!

Festen Mut in schwerem Leiden,
Hülfe, wo die Unschuld weint,
Ewigkeit geschwornen Eiden,
Wahrheit gegen Freund und Feind,
Männerstolz vor Königsthronen –
Brüder, gält es Gut und Blut, –
Dem Verdienste seine Kronen,
Untergang der Lügenbrut!

Chor

Schließt den heilgen Zirkel dichter,
Schwört bei diesem goldnen Wein:
Dem Gelübde treu zu sein,
Schwört es bei dem Sternenrichter!

Rettung von Tyrannenketten,
Großmut auch dem Bösewicht,
Hoffnung auf den Sterbebetten,
Gnade auf dem Hochgericht!
Auch die Toten sollen leben!
Brüder trinkt und stimmet ein,
Allen Sündern soll vergeben,
Und die Hölle nicht mehr sein.

Chor

Eine heitre Abschiedsstunde!
Süßen Schlaf im Leichentuch!
Brüder – einen sanften Spruch
Aus des Totenrichters Munde!

Poesie der Betrachtung

Die Götter Griechenlandes

Da ihr noch die schöne Welt regiertet,
An der Freude leichtem Gängelband
Glücklichere Menschenalter führtet,
Schöne Wesen aus dem Fabelland!
Ach! da euer Wonnedienst noch glänzte,
Wie ganz anders, anders war es da!
Da man deine Tempel noch bekränzte,
Venus Amathusia!

Da der Dichtkunst malerische Hülle
Sich noch lieblich um die Wahrheit wand! –
Durch die Schöpfung floß da Lebensfülle,
Und, was nie empfinden wird, empfand.
An der Liebe Busen sie zu drücken,
Gab man höhern Adel der Natur.
Alles wies den eingeweihten Blicken,
Alles eines Gottes Spur.

Wo jetzt nur, wie unsre Weisen sagen,
Seelenlos ein Feuerball sich dreht,
Lenkte damals seinen goldnen Wagen
Helios in stiller Majestät.
Diese Höhen füllten Oreaden,
Eine Dryas starb mit jenem Baum,
Aus den Urnen lieblicher Najaden
Sprang der Ströme Silberschaum.

Jener Lorbeer wand sich einst um Hilfe,*
Tantals Tochter** schweigt in diesem Stein,
Syrinx' Klage tönt' aus jenem Schilfe,
Philomelens Schmerz in diesem Hain.
Jener Bach empfing Demeters Zähre,
Die sie um Persephonen geweint,
Und von diesem Hügel rief Cythere,
Ach, vergebens! ihrem schönen Freund.

Zu Deukalions Geschlechte stiegen
Damals noch die Himmlischen herab,
Pyrrhas schöne Töchter zu besiegen,
Nahm Hyperion den Hirtenstab.
Zwischen Menschen, Göttern und Heroen
Knüpfte Amor einen schönen Bund.
Sterbliche mit Göttern und Heroen
Huldigten in Amathunt.

* Daphne von Apollo verfolgt.
** Niobe

Betend an der Grazien Altären
Kniete da die holde Priesterin,
Sandte stille Wünsche an Cytheren
Und Gelübde an die Charitin.
Hoher Stolz, auch droben zu gebieten,
Lehrte sie den göttergleichen Rang,
Und des Reizes heilgen Gürtel hüten,
Der den *Donnrer* selbst bezwang.

Himmlisch und unsterblich war das Feuer,
Das in Pindars stolzen Hymnen floß,
Niederströmte in Arions Leier,
In den Stein des Phidias sich goß.
Beßre Wesen, edlere Gestalten
Kündigten die hohe Abkunft an.
Götter, die vom Himmel niederwallten,
Sahen *hier* ihn wieder aufgetan.

Werter war von eines Gottes Güte,
Teurer jede Gabe der Natur.
Unter Iris' schönem Bogen blühte
Reizender die perlenvolle Flur.
Prangender erschien die Morgenröte
In Himerens rosigtem Gewand,
Schmelzender erklang die Flöte
In des Hirtengottes Hand.

Liebenswerter malte sich die Jugend,
Blühender in Ganymedas* Bild,
Heldenkühner, göttlicher die Tugend
Mit Tritoniens Medusenschild.
Sanfter war, da Hymen es noch knüpfte,
Heiliger der Herzen ewges Band.
Selbst des Lebens zarter Faden schlüpfte
Weicher durch der Parzen Hand.

Das Evoë muntrer Thyrsusschwinger
Und der Panther prächtiges Gespann
Meldeten den großen Freudebringer.
Faun und Satyr taumeln ihm voran,
Um ihn springen rasende Mänaden,
Ihre Tänze loben seinen Wein,
Und die Wangen des Bewirters laden
Lustig zu dem Becher ein.

Höher war der Gabe Wert gestiegen,
Die der Geber freundlich *mit* genoß,
Näher war der Schöpfer dem Vergnügen,
Das im Busen des Geschöpfes floß.
Nennt der meinige sich dem Verstande?
Birgt ihn etwa der Gewölke Zelt?
Mühsam späh ich im Ideenlande,
Fruchtlos in der Sinnenwelt.

* *Hebe.* Ihr älterer Name war *Ganymeda* sagt *Pausanias* Corinth. c. 13.

Eure Tempel lachten gleich Palästen,
Euch verherrlichte das Heldenspiel
An des Isthmus kronenreichen Festen,
Und die Wagen donnerten zum Ziel.
Schön geschlungne seelenvolle Tänze
Kreisten um den prangenden Altar,
Eure Schläfe schmückten Siegeskränze,
Kronen euer duftend Haar.

Seiner Güter schenkte man das beste,
Seiner Lämmer liebstes gab der Hirt,
Und der Freudetaumel seiner Gäste
Lohnte dem erhabnen Wirt.
Wohin tret ich? Diese traurge Stille
Kündigt sie mir meinen Schöpfer an?
Finster, wie er selbst, ist seine Hülle,
Mein Entsagen – was ihn feiern kann.

Damals trat kein gräßliches Gerippe
Vor das Bett des Sterbenden. Ein Kuß
Nahm das letzte Leben von der Lippe,
Still und traurig senkt ein Genius
Seine Fackel. Schöne, lichte Bilder
Scherzten auch um die Notwendigkeit,
Und das ernste Schicksal blickte milder
Durch den Schleier sanfter Menschlichkeit.

Nach der Geister schrecklichen Gesetzen
Richtete kein heiliger Barbar,
Dessen Augen Tränen nie benetzen,
Zarte Wesen, die ein Weib gebar.
Selbst des Orkus strenge Richterwaage
Hielt der Enkel einer Sterblichen,
Und des Thrakers seelenvolle Klage
Rührte die Erinnyen.

Seine Freuden traf der frohe Schatten
In Elysiens Hainen wieder an;
Treue Liebe fand den treuen Gatten
Und der Wagenlenker seine Bahn;
Orpheus' Spiel tönt die gewohnten Lieder,
In Alcestens Arme sinkt Admet,
Seinen Freund erkennt Orestes wieder,
Seine Waffen Philoktet.

Aber ohne Wiederkehr verloren
Bleibt, was *ich* auf dieser Welt verließ,
Jede Wonne hab ich abgeschworen,
Alle Bande, die ich selig pries.
Fremde, nie verstandene Entzücken
Schaudern mich aus jenen Welten an,
Und für Freuden, die mich jetzt beglücken,
Tausch ich neue, die ich missen kann.

Höhre Preise stärkten da den Ringer
Auf der Tugend arbeitvoller Bahn:
Großer Taten herrliche Vollbringer
Klimmten zu den Seligen hinan;
Vor dem Wiederforderer der Toten*
Neigte sich der Götter stille Schar.
Durch die Fluten leuchtet dem Piloten
Vom Olymp das Zwillingspaar.

Schöne Welt, wo bist du? – Kehre wieder,
Holdes Blütenalter der Natur!
Ach! nur in dem Feenland der Lieder
Lebt noch deine goldne Spur.
Ausgestorben trauert das Gefilde,
Keine Gottheit zeigt sich meinem Blick,
Ach! von jenem lebenwarmen Bilde
Blieb nur das Gerippe mir zurück.

Alle jenen Blüten sind gefallen
Von des Nordes winterlichem Wehn.
Einen zu bereichern, unter allen,
Mußte diese Götterwelt vergehn.
Traurig such ich an dem Sternenbogen,
Dich, Selene, find ich dort nicht mehr;
Durch die Wälder ruf ich, durch die Wogen,
Ach! sie widerhallen leer!

* Herakles

Unbewußt der Freuden, die sie schenket,
Nie entzückt von ihrer Trefflichkeit,
Nie gewahr des Armes, der sie lenket,
Reicher nie durch meine Dankbarkeit,
Fühllos selbst für ihres Künstlers Ehre,
Gleich dem toten Schlag der Pendeluhr,
Dient sie knechtisch dem Gesetz der Schwere,
Die entgötterte Natur!

Morgen wieder neu sich zu entbinden,
Wühlt sie heute sich ihr eignes Grab,
Und an ewig gleicher Spindel winden
Sich von selbst die Monde auf und ab.
Müßig kehrten zu dem Dichterlande
Heim die Götter, unnütz einer Welt,
Die, entwachsen ihrem Gängelbande,
Sich durch eignes Schweben hält.

Freundlos, ohne Bruder, ohne Gleichen,
Keiner Göttin, keiner Irdschen Sohn,
Herrscht ein andrer in des Äthers Reichen
Auf Saturnus' umgestürztem Thron.
Selig, eh sich Wesen um ihn freuten,
Selig im entvölkerten Gefild,
Sieht er in dem langen Strom der Zeiten
Ewig nur – sein eignes Bild.

Bürger des Olymps konnt ich erreichen,
Jenem Gotte, den sein Marmor preist,
Konnte einst der hohe Bildner gleichen;
Was ist neben *dir* der höchste Geist
Derer, welche Sterbliche geboren?
Nur der Würmer Erster, Edelster.
Da die Götter menschlicher noch waren,
Waren Menschen göttlicher.

Dessen Strahlen mich darnieder schlagen,
Werk und Schöpfer des Verstandes! dir
Nachzuringen, gib mir Flügel, Waagen,
Dich zu wägen – oder nimm von mir,
Nimm die ernste, strenge Göttin wieder,
Die den Spiegel blendend vor mir hält;
Ihre sanftre Schwester sende nieder,
Spare jene für die andre Welt.

Die Künstler

Wie schön, o Mensch, mit deinem Palmenzweige
Stehst du an des Jahrhunderts Neige,
In edler stolzer Männlichkeit,
Mit aufgeschloßnem Sinn, mit Geistesfülle.
Voll milden Ernsts, in tatenreicher Stille,
Der reifste Sohn der Zeit,
Frei durch Vernunft, stark durch Gesetze,
Durch Sanftmut groß, und reich durch Schätze,

Die lange Zeit dein Busen dir verschwieg,
Herr der Natur, die deine Fesseln liebet,
Die deine Kraft in tausend Kämpfen übet
Und prangend unter dir aus der Verwildrung stieg!

Berauscht von dem errungnen Sieg,
Verlerne nicht, die Hand zu preisen,
Die an des Lebens ödem Strand
Den weinenden verlaßnen Waisen,
Des wilden Zufalls Beute, fand,
Die frühe schon der künftgen Geisterwürde
Dein junges Herz im stillen zugekehrt,
Und die befleckende Begierde
Von deinem zarten Busen abgewehrt,
Die Gütige, die deine Jugend
In hohen Pflichten spielend unterwies,
Und das Geheimnis der erhabnen Tugend
In leichten Rätseln dich erraten ließ,
Die, reifer nur ihn wieder zu empfangen,
In fremde Arme ihren Liebling gab,
O falle nicht mit ausgeartetem Verlangen
Zu ihren niedern Dienerinnen ab!
Im Fleiß kann dich die Biene meistern,
In der Geschicklichkeit ein Wurm dein Lehrer sein,
Dein Wissen teilest du mit vorgezognen Geistern,
Die Kunst, o Mensch, hast du allein.

Nur durch das Morgentor des Schönen
Drangst du in der Erkenntnis Land.
An höhern Glanz sich zu gewöhnen,
Übt sich am Reize der Verstand.
Was bei dem Saitenklang der Musen
Mit süßem Beben dich durchdrang,
Erzog die Kraft in deinem Busen,
Die sich dereinst zum Weltgeist schwang.

Was erst, nachdem Jahrtausende verflossen,
Die alternde Vernunft erfand,
Lag im Symbol des Schönen und des Großen
Voraus geoffenbart dem kindischen Verstand.
Ihr holdes Bild hieß uns die Tugend lieben,
Ein zarter Sinn hat vor dem Laster sich gesträubt,
Eh noch ein Solon das Gesetz geschrieben,
Das matte Blüten langsam treibt.
Eh vor des Denkers Geist der kühne
Begriff des ewgen Raumes stand,
Wer sah hinauf zur Sternenbühne,
Der ihn nicht ahndend schon empfand?

Die, eine Glorie von Orionen
Ums Angesicht, in hehrer Majestät,
Nur angeschaut von reineren Dämonen,
Verzehrend über Sternen geht,
Geflohn auf ihrem Sonnenthrone,
Die furchtbar herrliche Urania,

Mit abgelegter Feuerkrone
Steht sie – als Schönheit vor uns da.
Der Anmut Gürtel umgewunden,
Wird sie zum Kind, daß Kinder sie verstehn:
Was wir als Schönheit hier empfunden,
Wird einst als Wahrheit uns entgegengehn.

Als der Erschaffende von seinem Angesichte
Den Menschen in die Sterblichkeit verwies
Und eine späte Wiederkehr zum Lichte
Auf schwerem Sinnenpfad ihn finden hieß,
Als alle Himmlischen ihr Antlitz von ihm wandten,
Schloß sie, die Menschliche, allein
Mit dem verlassenen Verbannten
Großmütig in die Sterblichkeit sich ein.
Hier schwebt sie, mit gesenktem Fluge,
Um ihren Liebling, nah am Sinnenland,
Und malt mit lieblichem Betruge
Elysium auf seine Kerkerwand.

Als in den weichen Armen dieser Amme
Die zarte Menschheit noch geruht,
Da schürte heilge Mordsucht keine Flamme,
Da rauchte kein unschuldig Blut.
Das Herz, das sie an sanften Banden lenket,
Verschmäht der Pflichten knechtisches Geleit;
Ihr Lichtpfad, schöner nur geschlungen, senket
Sich in die Sonnenbahn der Sittlichkeit.
Die ihrem keuschen Dienste leben,

Versucht kein niedrer Trieb, bleicht kein Geschick;
Wie unter heilige Gewalt gegeben
Empfangen sie das reine Geisterleben,
Der Freiheit süßes Recht, zurück.

Glückselige, die sie – aus Millionen
Die reinsten – ihrem Dienst geweiht,
In deren Brust sie würdigte zu thronen,
Durch deren Mund die Mächtige gebeut,
Die sie auf ewig flammenden Altären
Erkor, das heilge Feuer ihr zu nähren,
Vor deren Aug allein sie hüllenlos erscheint,
Die sie in sanftem Bund um sich vereint!
Freut euch der ehrenvollen Stufe,
Worauf die hohe Ordnung euch gestellt:
In die erhabne Geisterwelt
Wart ihr der Menschheit erste Stufe!

Eh ihr das Gleichmaß in die Welt gebracht,
Dem alle Wesen freudig dienen –
Ein unermeßner Bau, im schwarzen Flor der Nacht
Nächst um ihn her mit mattem Strahl nur beschienen,
Ein streitendes Gestaltenheer,
Die seinen Sinn in Sklavenbanden hielten
Und ungesellig, rauh wie er,
Mit tausend Kräften auf ihn zielten,
– So stand die Schöpfung vor dem Wilden.

Durch der Begierde blinde Fessel nur
An die Erscheinungen gebunden,
Entfloh ihm, ungenossen, unempfunden,
Die schöne Seele der Natur.

Und wie sie fliehend jetzt vorüber fuhr,
Ergriffet ihr die nachbarlichen Schatten
Mit zartem Sinn, mit stiller Hand,
Und lerntet in harmonschem Band
Gesellig sie zusammengatten.
Leichtschwebend fühlte sich der Blick
Vom schlanken Wuchs der Zeder aufgezogen,
Gefällig strahlte der Kristall der Wogen
Die hüpfende Gestalt zurück.
Wie konntet ihr des schönen Winks verfehlen,
Womit euch die Natur hilfreich entgegen kam?
Die Kunst, den Schatten ihr nachahmend abzustehlen,
Wies euch das Bild, das auf der Woge schwamm.
Von ihrem Wesen abgeschieden,
Ihr eignes liebliches Phantom,
Warf sie sich in den Silberstrom,
Sich ihrem Räuber anzubieten.
Die schöne Bildkraft ward in eurem Busen wach.
Zu edel schon, nicht müßig zu empfangen,
Schuft ihr im Sand – im Ton den holden Schatten nach,
Im Umriß ward sein Dasein aufgefangen.
Lebendig regte sich des Wirkens süße Lust –
Die erste Schöpfung trat aus eurer Brust.

Von der Betrachtung angehalten,
Von eurem Späheraug umstrickt,
Verrieten die vertraulichen Gestalten
Den Talisman, wodurch sie euch entzückt.
Die wunderwirkenden Gesetze,
Des Reizes ausgeforschte Schätze
Verknüpfte der erfindende Verstand
In leichtem Bund in Werken eurer Hand.
Der Obeliske stieg, die Pyramide,
Die Herme stand, die Säule sprang empor,
Des Waldes Melodie floß aus dem Haberrohr,
Und Siegestaten lebten in dem Liede.

Die Auswahl einer Blumenflur,
Mit weiser Wahl in einen Strauß gebunden,
So trat die erste Kunst aus der Natur;
Jetzt wurden Sträuße schon in einen Kranz gewunden,
Und eine zweite höhre Kunst erstand
Aus Schöpfungen der Menschenhand.
Das Kind der Schönheit, sich allein genug,
Vollendet schon aus eurer Hand gegangen,
Verliert die Krone, die es trug,
Sobald es Wirklichkeit empfangen.
Die Säule muß, dem Gleichmaß untertan,
An ihre Schwestern nachbarlich sich schließen,
Der Held im Heldenheer zerfließen.
Des Mäoniden Harfe stimmt voran.

Bald drängten sich die staunenden Barbaren
Zu diesen neuen Schöpfungen heran.
Seht, riefen die erfreuten Scharen,
Seht an, das hat der Mensch getan!
In lustigen, geselligeren Paaren
Riß sie des Sängers Leier nach,
Der von Titanen sang und Riesenschlachten,
Und Löwentötern, die, so lang der Sänger sprach,
Aus seinen Hörern Helden machten.
Zum erstenmal genießt der *Geist,*
Erquickt von ruhigeren Freuden,
Die aus der Ferne nur ihn weiden,
Die seine Gier nicht in sein Wesen reißt,
Die im Genusse nicht verscheiden.

Jetzt wand sich von dem Sinnenschlafe
Die freie schöne Seele los,
Durch euch entfesselt, sprang der Sklave
Der Sorge in der Freude Schoß.
Jetzt fiel der Tierheit dumpfe Schranke,
Und Menschheit trat auf die entwölkte Stirn,
Und der erhabne Fremdling, der Gedanke,
Sprang aus dem staunenden Gehirn.
Jetzt stand der Mensch, und wies den Sternen
Das königliche Angesicht,
Schon dankte in erhabnen Fernen
Sein sprechend Aug dem Sonnenlicht.
Das Lächeln blühte auf der Wange,
Der Stimme seelenvolles Spiel

Entfaltete sich zum Gesange,
Im feuchten Auge schwamm Gefühl,
Und Scherz mit Huld in anmutsvollem Bunde
Entquollen dem beseelten Munde.

Begraben in des Wurmes Triebe,
Umschlungen von des Sinnes Lust,
Erkanntet ihr in seiner Brust
Den edlen Keim der Geisterliebe.
Daß von des Sinnes niederm Triebe
Der Liebe beßrer Keim sich schied,
Dankt er dem ersten Hirtenlied.
Geadelt zur Gedankenwürde,
Floß die verschämtere Begierde
Melodisch aus des Sängers Mund.
Sanft glühten die betauten Wangen,
Das überlebende Verlangen
Verkündigte der Seelen Bund.

Der Weisen Weisestes, der Milden Milde,
Der Starken Kraft, der Edeln Grazie,
Vermähltet ihr in *einem* Bilde
Und stelltet es in eine Glorie.
Der Mensch erbebte vor dem Unbekannten,
Er liebte seinen Widerschein;
Und herrliche Heroen brannten,
Dem großen Wesen gleich zu sein.
Den ersten Klang vom Urbild alles Schönen,
Ihr ließet ihn in der Natur ertönen.

Der Leidenschaften wilden Drang
Des Glückes regellose Spiele,
Der Pflichten und Instinkte Zwang
Stellt ihr mit prüfendem Gefühle,
Mit strengem Richtscheit nach dem Ziele.
Was die Natur auf ihrem großen Gange
In weiten Fernen auseinander zieht,
Wird auf dem Schauplatz, im Gesange
Der Ordnung leicht gefaßtes Glied.
Vom Eumenidenchor geschrecket,
Zieht sich der Mord, auch nie entdecket,
Das Los des Todes aus dem Lied.
Lang, eh die Weisen ihren Ausspruch wagen,
Löst eine Ilias des Schicksals Rätselfragen
Der jugendlichen Vorwelt auf;
Still wandelte von Thespis' Wagen
Die Vorsicht in den Weltenlauf.

Doch in den großen Weltenlauf
Ward euer Ebenmaß zu früh getragen.
Als des Geschickes dunkle Hand,
Was sie vor eurem Auge schnürte,
Vor eurem Aug nicht auseinanderband,
Das Leben in die Tiefe schwand,
Eh es den schönen Kreis vollführte –
Da führtet ihr aus kühner Eigenmacht
Den Bogen weiter durch der Zukunft Nacht;
Da stürztet ihr euch ohne Beben
In des Avernus schwarzen Ozean

Und trafet das entflohne Leben
Jenseits der Urne wieder an:
Da zeigte sich mit umgestürztem Lichte,
An Kastor angelehnt, ein blühend Polluxbild:
Der Schatten in des Mondes Angesichte,
Eh sich der schöne Silberkreis erfüllt.

Doch höher stets, zu immer höhern Höhen
Schwang sich der schaffende Genie.
Schon sieht man Schöpfungen aus Schöpfungen
erstehen,
Aus Harmonien Harmonie.
Was hier allein das trunkne Aug entzückt,
Dient unterwürfig dort der höhern Schöne;
Der Reiz, der diese Nymphe schmückt,
Schmilzt sanft in eine göttliche Athene:
Die Kraft, die in des Ringers Muskel schwillt,
Muß in des Gottes Schönheit lieblich schweigen;
Das Staunen seiner Zeit, das stolze Jovisbild,
Im Tempel zu Olympia sich neigen.

Die Welt, verwandelt durch den Fleiß,
Das Menschenherz, bewegt von neuen Trieben,
Die sich in heißen Kämpfen üben,
Erweitern euren Schöpfungskreis.
Der fortgeschrittne Mensch trägt auf erhobnen
Schwingen
Dankbar die Kunst mit sich empor,

Und neue Schönheitswelten springen
Aus der bereicherten Natur hervor.
Des Wissens Schranken gehen auf,
Der Geist, in euren leichten Siegen
Geübt, mit schnell gezeitigtem Vergnügen
Ein künstlich All von Reizen zu durcheilen,
Stellt der Natur entlegenere Säulen,
Ereilet sie auf ihrem dunkeln Lauf.
Jetzt wägt er sie mit menschlichen Gewichten,
Mißt sie mit Maßen, die sie ihm geliehn;
Verständlicher in seiner Schönheit Pflichten,
Muß sie an seinem Aug vorüberziehn.
In selbstgefällger jugendlicher Freude
Leiht er den Sphären seine Harmonie,
Und preiset er das Weltgebäude,
So prangt es durch die Symmetrie.

In allem, was ihn jetzt umlebet,
Spricht ihn das holde Gleichmaß an.
Der Schönheit goldner Gürtel webet
Sich mild in seine Lebensbahn;
Die selige Vollendung schwebet
In euren Werken siegend ihm voran.
Wohin die laute Freude eilet,
Wohin der stille Kummer flieht,
Wo die Betrachtung denkend weilet,
Wo er des Elends Tränen sieht,
Wo tausend Schrecken auf ihn zielen,
Folgt ihm ein Harmonienbach,

Sieht er die Huldgöttinnen spielen
Und ringt in still verfeinerten Gefühlen
Der lieblichen Begleitung nach.
Sanft, wie des Reizes Linien sich winden,
Wie die Erscheinungen um ihn
In weichem Umriß ineinander schwinden,
Flieht seines Lebens leichter Hauch dahin.
Sein Geist zerrinnt im Harmonienmeere,
Das seine Sinne wollustreich umfließt,
Und der hinschmelzende Gedanke schließt
Sich still an die allgegenwärtige Cythere.
Mit dem Geschick in hoher Einigkeit,
Gelassen hingestützt auf Grazien und Musen,
Empfängt er das Geschoß, das ihn bedräut,
Mit freundlich dargebotnem Busen
Vom sanften Bogen der Notwendigkeit.

Vertraute Lieblinge der selgen Harmonie,
Erfreuende Begleiter durch das Leben,
Das Edelste, das Teuerste, was sie,
Die Leben gab, zum Leben uns gegeben!
Daß der entjochte Mensch jetzt seine Pflichten denkt,
Die Fessel liebet, die ihn lenkt,
Kein Zufall mehr mit ehrnem Zepter ihm gebeut,
Dies dankt euch – eure Ewigkeit,
Und ein erhabner Lohn in eurem Herzen.
Daß um den Kelch, worin uns Freiheit rinnt,
Der Freude Götter lustig scherzen,

Der holde Traum sich lieblich spinnt,
Dafür seid liebevoll umfangen!
Dem prangenden, dem heitern Geist,
Der die Notwendigkeit mit Grazie umzogen,
Der seinen Äther, seinen Sternenbogen
Mit Anmut uns bedienen heißt,
Der, wo er schreckt, noch durch Erhabenheit entzücket,
Und zum Verheeren selbst sich schmücket,
Dem großen Künstler ahmt ihr nach.
Wie auf dem spiegelhellen Bach
Die bunten Ufer tanzend schweben,
Das Abendrot, das Blütenfeld,
So schimmert auf dem dürftgen Leben
Der Dichtung muntre Schattenwelt.
Ihr führet uns im Brautgewande
Die fürchterliche Unbekannte,
Die unerweichte Parze vor.
Wie eure Urnen die Gebeine,
Deckt ihr mit holdem Zauberscheine
Der Sorgen schauervollen Chor.
Jahrtausende hab ich durcheilet,
Der Vorwelt unabsehlich Reich:
Wie lacht die Menschheit, wo ihr weilet,
Wie traurig liegt sie hinter euch!

Die einst mit flüchtigem Gefieder
Voll Kraft aus euren Schöpferhänden stieg,
In eurem Arm fand sie sich wieder,
Als durch der Zeiten stillen Sieg

Des Lebens Blüte von der Wange,
Die Stärke von den Gliedern wich
Und traurig, mit entnervtem Gange,
Der Greis an seinem Stabe schlich.
Da reichtet ihr aus frischer Quelle
Dem Lechzenden die Lebenswelle.
Zweimal verjüngte sich die Zeit,
Zweimal von Samen, die ihr ausgestreut.

Vertrieben von Barbarenheeren,
Entrisset ihr den letzten Opferbrand
Des Orients entheiligten Altären
Und brachtet ihn dem Abendland.
Da stieg der schöne Flüchtling aus dem Osten,
Der junge Tag, im Westen neu empor,
Und auf Hesperiens Gefilden sproßten
Verjüngte Blüten Joniens hervor.
Die schönere Natur warf in die Seelen
Sanft spiegelnd einen schönen Widerschein,
Und prangend zog in die geschmückten Seelen
Des Lichtes große Göttin ein.
Da sah man Millionen Ketten fallen,
Und über Sklaven sprach jetzt Menschenrecht,
Wie Brüder friedlich miteinander wallen,
So mild erwuchs das jüngere Geschlecht.
Mit innrer hoher Freudenfülle
Genießt ihr das gegebne Glück
Und tretet in der Demut Hülle
Mit schweigendem Verdienst zurück.

Wenn auf des Denkens freigegebnen Bahnen
Der Forscher jetzt mit kühnem Glücke schweift
Und, trunken von siegrufenden Päanen,
Mit rascher Hand schon nach der Krone greift;
Wenn er mit niederm Söldnerslohne
Den edeln Führer zu entlassen glaubt,
Und neben dem geträumten Throne
Der Kunst den ersten Sklavenplatz erlaubt: –
Verzeiht ihm – der Vollendung Krone
Schwebt glänzend über eurem Haupt.
Mit euch, des Frühlings erster Pflanze,
Begann die seelenbildende Natur,
Mit euch, dem freudgen Erntekranze,
Schließt die vollendende Natur.

Die von dem Ton, dem Stein bescheiden aufgestiegen,
Die schöpferische Kunst, umschließt mit stillen Siegen
Des Geistes unermeßnes Reich.
Was in des Wissens Land Entdecker nur ersiegen,
Entdecken sie, ersiegen sie für euch.
Der Schätze, die der Denker aufgehäufet,
Wird er in euren Armen erst sich freun,
Wenn seine Wissenschaft, der Schönheit zugereifet,
Zum Kunstwerk wird geadelt sein –
Wenn er auf einen Hügel mit euch steiget,
Und seinem Auge sich, in mildem Abendschein,
Das malerische Tal – auf einmal zeiget.
Je reicher ihr den schnellen Blick vergnüget,
Je höhre, schönre Ordnungen der Geist

In einem Zauberbund durchflieget,
In einem schwelgenden Genuß umkreist;
Je weiter sich Gedanken und Gefühle
Dem üppigeren Harmonienspiele,
Dem reichern Strom der Schönheit aufgetan –
Je schönre Glieder aus dem Weltenplan,
Die jetzt verstümmelt seine Schöpfung schänden,
Sieht er die hohen Formen dann vollenden,
Je schönre Rätsel treten aus der Nacht,
Je reicher wird die Welt, die *er* umschließet,
Je breiter strömt das Meer, mit dem er fließet,
Je schwächer wird des Schicksals blinde Macht,
Je höher streben seine Triebe,
Je kleiner wird er selbst, je größer seine Liebe.

So führt ihn, in verborgnem Lauf,
Durch immer reinre Formen, reinre Töne,
Durch immer höhre Höhn und immer schönre Schöne
Der Dichtung Blumenleiter still hinauf –
Zuletzt, am reifen Ziel der Zeiten,
Noch eine glückliche Begeisterung,
Des jüngsten Menschenalters Dichterschwung,
Und – in der Wahrheit Arme wird er gleiten.

Sie selbst, die sanfte Cypria,
Umleuchtet von der Feuerkrone
Steht dann vor ihrem mündgen Sohne
Entschleiert – als Urania;

So schneller nur von ihm erhaschet,
Je schöner er von ihr geflohn!
So süß, so selig überraschet
Stand einst Ulyssens edler Sohn,
Da seiner Jugend himmlischer Gefährte
Zu Jovis Tochter sich verklärte.

Der Menschheit Würde ist in eure Hand gegeben,
Bewahret sie!
Sie sinkt mit euch! Mit euch wird sie sich heben!
Der Dichtung heilige Magie
Dient einem weisen Weltenplane,
Still lenke sie zum Ozeane
Der großen Harmonie!

Von ihrer Zeit verstoßen, flüchte
Die ernste Wahrheit zum Gedichte
Und finde Schutz in der Kamönen Chor.
In ihres Glanzes höchster Fülle,
Furchtbarer in des Reizes Hülle,
Erstehe sie in dem Gesange
Und räche sich mit Siegesklange
An des Verfolgers feigem Ohr.

Der freisten Mutter freie Söhne,
Schwingt euch mit festem Angesicht
Zum Strahlensitz der höchsten Schöne,
Um andre Kronen buhlet nicht.

Die Schwester, die euch hier verschwunden,
Holt ihr im Schoß der Mutter ein;
Was schöne Seelen schön empfunden,
Muß trefflich und vollkommen sein.
Erhebet euch mit kühnem Flügel
Hoch über euren Zeitenlauf;
Fern dämmre schon in euerm Spiegel
Das kommende Jahrhundert auf.
Auf tausendfach verschlungnen Wegen
Der reichen Mannigfaltigkeit
Kommt dann umarmend euch entgegen
Am Thron der hohen Einigkeit.
Wie sich in sieben milden Strahlen
Der weiße Schimmer lieblich bricht,
Wie sieben Regenbogenstrahlen
Zerrinnen in das weiße Licht:
So spielt in tausendfacher Klarheit
Bezaubernd um den trunknen Blick,
So fließt in *einen* Bund der Wahrheit,
In *einen* Strom des Lichts zurück!

Die Ideale

So willst du treulos von mir scheiden
Mit deinen holden Phantasien,
Mit deinen Schmerzen, deinen Freuden,
Mit allen unerbittlich fliehn?

Kann nichts dich, Fliehende! verweilen,
O! meines Lebens goldne Zeit?
Vergebens, deine Wellen eilen
Hinab ins Meer der Ewigkeit.

Erloschen sind die heitern Sonnen,
Die meiner Jugend Pfad erhellt,
Die Ideale sind zerronnen,
Die einst das trunkne Herz geschwellt,
Er ist dahin, der süße Glaube
An Wesen, die mein Traum gebar,
Der rauhen Wirklichkeit zum Raube,
Was einst so schön, so göttlich war.

Wie einst mit flehendem Verlangen
Pygmalion den Stein umschloß,
Bis in des Marmors kalte Wangen
Empfindung glühend sich ergoß,
So schlang ich mich mit Liebesarmen
Um die Natur, mit Jugendlust,
Bis sie zu atmen, zu erwarmen
Begann an meiner Dichterbrust.

Und, teilend meine Flammentriebe,
Die Stumme eine Sprache fand,
Mir wiedergab den Kuß der Liebe
Und meines Herzens Klang verstand;

Da lebte mir der Baum, die Rose,
Mir sang der Quellen Silberfall,
Es fühlte selbst das Seelenlose
Von meines Lebens Widerhall.

Es dehnte mit allmächtgem Streben
Die enge Brust ein kreisend All,
Herauszutreten in das Leben
In Tat und Wort, in Bild und Schall.
Wie groß war diese Welt gestaltet,
Solang die Knospe sie noch barg,
Wie wenig, ach! hat sich entfaltet,
Dies wenige, wie klein und karg.

Wie sprang, von kühnem Mut beflügelt,
Beglückt in seines Traumes Wahn,
Von keiner Sorge noch gezügelt,
Der Jüngling in des Lebens Bahn.
Bis an des Äthers bleichste Sterne
Erhob ihn der Entwürfe Flug,
Nichts war so hoch und nichts so ferne,
Wohin ihr Flügel ihn nicht trug.

Wie leicht ward er dahingetragen,
Was war dem Glücklichen zu schwer!
Wie tanzte vor des Lebens Wagen
Die luftige Begleitung her!

Die Liebe mit dem süßen Lohne,
Das Glück mit seinem goldnen Kranz,
Der Ruhm mit seiner Sternenkrone,
Die Wahrheit in der Sonne Glanz!

Doch, ach! schon auf des Weges Mitte
Verloren die Begleiter sich,
Sie wandten treulos ihre Schritte,
Und einer nach dem andern wich.
Leichtfüßig war das Glück entflogen,
Des Wissens Durst blieb ungestillt,
Des Zweifels finstre Wetter zogen
Sich um der Wahrheit Sonnenbild.

Ich sah des Ruhmes heilge Kränze
Auf der gemeinen Stirn entweiht,
Ach! allzuschnell nach kurzem Lenze,
Entfloh die schöne Liebeszeit.
Und immer stiller wards und immer
Verlaßner auf dem rauhen Steg,
Kaum warf noch einen bleichen Schimmer
Die Hoffnung auf den finstern Weg.

Von all dem rauschenden Geleite,
Wer harrte liebend bei mir aus?
Wer steht mir tröstend noch zur Seite
Und folgt mir bis zum finstern Haus?

Du, die du alle Wunden heilest,
Der Freundschaft leise, zarte Hand,
Des Lebens Bürden liebend teilest,
Du, die ich frühe sucht' und fand,

Und du, die gern sich mit ihr gattet,
Wie sie der Seele Sturm beschwört,
Beschäftigung, die nie ermattet,
Die langsam schafft, doch nie zerstört,
Die zu dem Bau der Ewigkeiten
Zwar Sandkorn nur für Sandkorn reicht,
Doch von der großen Schuld der Zeiten
Minuten, Tage, Jahre streicht.

Klage der Ceres

Ist der holde Lenz erschienen?
Hat die Erde sich verjüngt?
Die besonnten Hügel grünen,
Und des Eises Rinde springt.
Aus der Ströme blauem Spiegel
Lacht der unbewölkte Zeus,
Milder wehen Zephirs Flügel,
Augen treibt das junge Reis.
In dem Hain erwachen Lieder,
Und die Oreade spricht:
Deine Blumen kehren wieder,
Deine Tochter kehret nicht.

Ach! wie lang ists, daß ich walle
Suchend durch der Erde Flur,
Titan, deine Strahlen alle
Sandt ich nach der teuren Spur;
Keiner hat mir noch verkündet
Von dem lieben Angesicht,
Und der Tag, der alles findet,
Die Verlorne fand er nicht.
Hast du, Zeus! sie mir entrissen,
Hat, von ihrem Reiz gerührt,
Zu des Orkus schwarzen Flüssen
Pluto sie hinabgeführt?

Wer wird nach dem düstern Strande
Meines Grames Bote sein?
Ewig stößt der Kahn vom Lande,
Doch nur Schatten nimmt er ein.
Jedem selgen Aug verschlossen
Bleibt das nächtliche Gefild,
Und solang der Styx geflossen,
Trug er kein lebendig Bild.
Nieder führen tausend Steige,
Keiner führt zum Tag zurück,
Ihre Tränen bringt kein Zeuge
Vor der bangen Mutter Blick.

Mütter, die aus Pyrrhas Stamme
Sterbliche geboren sind,
Dürfen durch des Grabes Flamme

Folgen dem geliebten Kind,
Nur was Jovis Haus bewohnet,
Nahet nicht dem dunkeln Strand,
Nur die Seligen verschonet,
Parzen, eure strenge Hand.
Stürzt mich in die Nacht der Nächte
Aus des Himmels goldnem Saal,
Ehret nicht der Göttin Rechte,
Ach! sie sind der Mutter Qual!

Wo sie mit dem finstern Gatten
Freudlos thronet, stieg ich hin,
Träte mit den leisen Schatten
Leise vor die Herrscherin.
Ach, ihr Auge feucht von Zähren,
Sucht umsonst das goldne Licht,
Irret nach entfernten Sphären,
Auf die Mutter fällt es nicht,
Bis die Freude sie entdecket,
Bis sich Brust mit Brust vereint,
Und zum Mitgefühl erwecket,
Selbst der rauhe Orkus weint.

Eitler Wunsch! Verlorne Klagen!
Ruhig in dem gleichen Gleis
Rollt des Tages sichrer Wagen,
Ewig steht der Schluß des Zeus.
Weg von jenen Finsternissen
Wandt er sein beglücktes Haupt,

Einmal in die Nacht gerissen,
Bleibt sie ewig mir geraubt,
Bis des dunkeln Stromes Welle
Von Aurorens Farben glüht,
Iris mitten durch die Hölle
Ihren schönen Bogen zieht.

Ist mir nichts von ihr geblieben,
Nicht ein süß erinnernd Pfand,
Daß die Fernen sich noch lieben,
Keine Spur der teuren Hand?
Knüpfet sich kein Liebesknoten
Zwischen Kind und Mutter an?
Zwischen Lebenden und Toten
Ist kein Bündnis aufgetan?
Nein, nicht ganz ist sie entflohen,
Nein, wir sind nicht ganz getrennt!
Haben uns die ewig Hohen
Eine Sprache doch vergönnt!

Wenn des Frühlings Kinder sterben,
Wenn von Nordes kaltem Hauch
Blatt und Blume sich entfärben,
Traurig steht der nackte Strauch,
Nehm ich mir das höchste Leben
Aus Vertumnus' reichem Horn,
Opfernd es dem Styx zu geben,
Mir des Samens goldnes Korn.

Traurend senk ichs in die Erde,
Leg es an des Kindes Herz,
Daß es eine Sprache werde
Meiner Liebe, meinem Schmerz.

Führt der gleiche Tanz der Horen
Freudig nun den Lenz zurück,
Wird das Tote neu geboren
Von der Sonne Lebensblick!
Keime, die dem Auge starben
In der Erde kaltem Schoß,
In das heitre Reich der Farben
Ringen sie sich freudig los.
Wenn der Stamm zum Himmel eilet,
Sucht die Wurzel scheu die Nacht,
Gleich in ihre Pflege teilet
Sich des Styx, des Äthers Macht.

Halb berühren sie der Toten,
Halb der Lebenden Gebiet,
Ach, sie sind mir teure Boten,
Süße Stimmen vom Cocyt!
Hält er gleich sie selbst verschlossen
In dem schauervollen Schlund,
Aus des Frühlings jungen Sprossen
Redet mir der holde Mund,
Daß auch fern vom goldnen Tage,

Wo die Schatten traurig ziehn,
Liebend noch der Busen schlage,
Zärtlich noch die Herzen glühn.

O so laßt euch froh begrüßen,
Kinder der verjüngten Au,
Euer Kelch soll überfließen
Von des Nektars reinstem Tau.
Tauchen will ich euch in Strahlen,
Mit der Iris schönstem Licht
Will ich eure Blätter malen,
Gleich Aurorens Angesicht.
In des Lenzes heiterm Glanze
Lese jede zarte Brust,
In des Herbstes welkem Kranze
Meinen Schmerz und meine Lust.

Das Eleusische Fest

Windet zum Kranze die goldenen Ähren,
Flechtet auch blaue Cyanen hinein,
Freude soll jedes Auge verklären,
Denn die Königin ziehet ein,
Die Bezähmerin wilder Sitten,
Die den Menschen zum Menschen gesellt
Und in friedliche feste Hütten
Wandelte das bewegliche Zelt.

Scheu in des Gebirges Klüften
Barg der Troglodyte sich,
Der Nomade ließ die Triften
Wüste liegen, wo er strich,
Mit dem Wurfspieß, mit dem Bogen
Schritt der Jäger durch das Land,
Weh dem Fremdling, den die Wogen
Warfen an den Unglücksstrand!

Und auf ihrem Pfad begrüßte,
Irrend nach des Kindes Spur,
Ceres die verlaßne Küste,
Ach, da grünte keine Flur!
Daß sie hier vertraulich weile,
Ist kein Obdach ihr gewährt,
Keines Tempels heitre Säule
Zeuget, daß man Götter ehrt.

Keine Frucht der süßen Ähren
Lädt zum reinen Mahl sie ein,
Nur auf gräßlichen Altären
Dorret menschliches Gebein.
Ja, so weit sie wandernd kreiste,
Fand sie Elend überall,
Und in ihrem großen Geiste
Jammert sie des Menschen Fall.

»Find ich so den Menschen wieder,
Dem wir unser Bild geliehn,
Dessen schöngestalte Glieder
Droben im Olympus blühn?
Gaben wir ihm zum Besitze
Nicht der Erde Götterschoß,
Und auf seinem Königsitze
Schweift er elend, heimatlos?

Fühlt kein Gott mit ihm Erbarmen,
Keiner aus der Selgen Chor
Hebet ihn mit Wunderarmen
Aus der tiefen Schmach empor?
In des Himmels selgen Höhen
Rühret sie nicht fremder Schmerz,
Doch der Menschheit Angst und Wehen
Fühlet mein gequältes Herz.

Daß der Mensch zum Menschen werde,
Stift er einen ewgen Bund
Gläubig mit der frommen Erde,
Seinem mütterlichen Grund,
Ehre das Gesetz der Zeiten
Und der Monde heilgen Gang,
Welche still gemessen schreiten
Im melodischen Gesang.«

Und den Nebel teilt sie leise,
Der den Blicken sie verhüllt,
Plötzlich in der Wilden Kreise
Steht sie da, ein Götterbild.
Schwelgend bei dem Siegesmahle
Findet sie die rohe Schar,
Und die blutgefüllte Schale
Bringt man ihr zum Opfer dar.

Aber schaudernd, mit Entsetzen
Wendet sie sich weg und spricht:
»Blutge Tigermahle netzen
Eines Gottes Lippen nicht.
Reine Opfer will er haben,
Früchte, die der Herbst beschert,
Mit des Feldes frommen Gaben
Wird der Heilige verehrt.«

Und sie nimmt die Wucht des Speeres
Aus des Jägers rauher Hand,
Mit dem Schaft des Mordgewehres
Furchet sie den leichten Sand,
Nimmt von ihres Kranzes Spitze
Einen Kern, mit Kraft gefüllt,
Senkt ihn in die zarte Ritze,
Und der Trieb des Keimes schwillt.

Und mit grünen Halmen schmücket
Sich der Boden alsobald,
Und so weit das Auge blicket,
Wogt es wie ein goldner Wald.
Lächelnd segnet sie die Erde,
Flicht der ersten Garbe Bund,
Wählt den Feldstein sich zum Herde,
Und es spricht der Göttin Mund:

»Vater Zeus, der über alle
Götter herrscht in Äthers Höhn!
Daß dies Opfer dir gefalle,
Laß ein Zeichen jetzt geschehn!
Und dem unglückselgen Volke,
Das dich, Hoher! noch nicht nennt,
Nimm hinweg des Auges Wolke,
Daß es seinen Gott erkennt!«

Und es hört der Schwester Flehen
Zeus auf seinem hohen Sitz,
Donnernd aus den blauen Höhen
Wirft er den gezackten Blitz.
Prasselnd fängt es an zu lohen,
Hebt sich wirbelnd vom Altar,
Und darüber schwebt in hohen
Kreisen sein geschwinder Aar.

Und gerührt zu der Herrscherin Füßen
Stürzt sich der Menge freudig Gewühl,
Und die rohen Seelen zerfließen
In der Menschlichkeit erstem Gefühl,
Werfen von sich die blutige Wehre,
Öffnen den düstergebundenen Sinn
Und empfangen die göttliche Lehre
Aus dem Munde der Königin.

Und von ihren Thronen steigen
Alle Himmlischen herab,
Themis selber führt den Reigen,
Und mit dem gerechten Stab
Mißt sie jedem seine Rechte,
Setzet selbst der Grenze Stein,
Und des Styx verborgne Mächte
Ladet sie zu Zeugen ein.

Und es kommt der Gott der Esse,
Zeus' erfindungsreicher Sohn,
Bildner künstlicher Gefäße,
Hochgelehrt in Erzt und Ton.
Und er lehrt die Kunst der Zange
Und der Blasebälge Zug,
Unter seines Hammers Zwange
Bildet sich zuerst der Pflug.

Und Minerva, hoch vor allen
Ragend mit gewichtgem Speer,
Läßt die Stimme mächtig schallen
Und gebeut dem Götterheer.
Feste Mauren will sie gründen,
Jedem Schutz und Schirm zu sein,
Die zerstreute Welt zu binden
In vertraulichem Verein.

Und sie lenkt die Herrscherschritte
Durch des Feldes weiten Plan,
Und an ihres Fußes Tritte
Heftet sich der Grenzgott an,
Messend führet sie die Kette
Um des Hügels grünen Saum,
Auch des wilden Stromes Bette
Schließt sie in den heilgen Raum.

Alle Nymphen, Oreaden,
Die der schnellen Artemis
Folgen auf des Berges Pfaden,
Schwingend ihren Jägerspieß,
Alle kommen, alle legen
Hände an, der Jubel schallt,
Und von ihrer Äxte Schlägen
Krachend stürzt der Fichtenwald.

Auch aus seiner grünen Welle
Steigt der schilfbekränzte Gott,
Wälzt den schweren Floß zur Stelle
Auf der Göttin Machtgebot,
Und die leichtgeschürzten Stunden
Fliegen ans Geschäft, gewandt,
Und die rauhen Stämme runden
Zierlich sich in ihrer Hand.

Auch den Meergott sieht man eilen,
Rasch mit des Tridentes Stoß
Bricht er die granitnen Säulen
Aus dem Erdgerippe los,
Schwingt sie in gewaltgen Händen
Hoch wie einen leichten Ball,
Und mit Hermes, dem behenden,
Türmet er der Mauren Wall.

Aber aus den goldnen Saiten
Lockt Apoll die Harmonie
Und das holde Maß der Zeiten
Und die Macht der Melodie.
Mit neunstimmigem Gesange
Fallen die Kamönen ein,
Leise nach des Liedes Klange
Füget sich der Stein zum Stein.

Und der Tore weite Flügel
Setzet mit erfahrner Hand
Cybele und fügt die Riegel
Und der Schlösser festes Band.
Schnell durch rasche Götterhände
Ist der Wunderbau vollbracht,
Und der Tempel heitre Wände
Glänzen schon in Festespracht.

Und mit einem Kranz von Myrten
Naht die Götterkönigin,
Und sie führt den schönsten Hirten
Zu der schönsten Hirtin hin.
Venus mit dem holden Knaben
Schmücket selbst das erste Paar,
Alle Götter bringen Gaben
Segnend den Vermählten dar.

Und die neuen Bürger ziehen,
Von der Götter selgem Chor
Eingeführt, mit Harmonien
In das gastlich offne Tor,
Und das Priesteramt verwaltet
Ceres am Altar des Zeus,
Segnend ihre Hand gefaltet
Spricht sie zu des Volkes Kreis:

»Freiheit liebt das Tier der Wüste,
Frei im Äther herrscht der Gott,
Ihrer Brust gewaltge Lüste
Zähmet das Naturgebot;
Doch der Mensch, in ihrer Mitte,
Soll sich an den Menschen reihn,
Und allein durch seine Sitte
Kann er frei und mächtig sein.«

Windet zum Kranze die goldenen Ähren,
Flechtet auch blaue Cyanen hinein!
Freude soll jedes Auge verklären,
Denn die Königin ziehet ein,
Die uns die süße Heimat gegeben,
Die den Menschen zum Menschen gesellt,
Unser Gesang soll sie festlich erheben,
Die beglückende Mutter der Welt.

Das Ideal und das Leben

Ewigklar und spiegelrein und eben
Fließt das zephirleichte Leben
Im Olymp den Seligen dahin.
Monde wechseln und Geschlechter fliehen,
Ihrer Götterjugend Rosen blühen
Wandellos im ewigen Ruin.

Zwischen Sinnenglück und Seelenfrieden
Bleibt dem Menschen nur die bange Wahl.
Auf der Stirn des hohen Uraniden
Leuchtet ihr vermählter Strahl.

Wollt ihr schon auf Erden Göttern gleichen,
Frei sein in des Todes Reichen,
Brechet nicht von seines Gartens Frucht.
An dem Scheine mag der Blick sich weiden,
Des Genusses wandelbare Freuden
Rächet schleunig der Begierde Flucht.
Selbst der Styx, der neunfach sie umwindet,
Wehrt die Rückkehr Ceres' Tochter nicht,
Nach dem Apfel greift sie, und es bindet
Ewig sie des Orkus Pflicht.

Nur der Körper eignet jenen Mächten,
Die das dunkle Schicksal flechten,
Aber frei von jeder Zeitgewalt,
Die Gespielin seliger Naturen
Wandelt oben in des Lichtes Fluren,
Göttlich unter Göttern, die *Gestalt.*
Wollt ihr hoch auf ihren Flügeln schweben,
Werft die Angst des Irdischen von euch.
Fliehet aus dem engen, dumpfen Leben
In des Ideales Reich!

Jugendlich, von allen Erdenmalen
Frei, in der Vollendung Strahlen
Schwebet hier der Menschheit Götterbild,
Wie des Lebens schweigende Phantome
Glänzend wandeln an dem stygschen Strome,
Wie sie stand im himmlischen Gefild,
Ehe noch zum traurgen Sarkophage
Die Unsterbliche herunterstieg.
Wenn im Leben noch des Kampfes Waage
Schwankt, erscheinet hier der Sieg.

Nicht vom Kampf die Glieder zu entstricken,
Den Erschöpften zu erquicken,
Wehet hier des Sieges duftger Kranz.
Mächtig, selbst wenn eure Sehnen ruhten,
Reißt das Leben euch in seine Fluten,
Euch die Zeit in ihren Wirbeltanz.
Aber sinkt des Mutes kühner Flügel
Bei der Schranken peinlichem Gefühl,
Dann erblicket von der Schönheit Hügel
Freudig das erflogne Ziel.

Wenn es gilt, zu herrschen und zu schirmen,
Kämpfer gegen Kämpfer stürmen
Auf des Glückes, auf des Ruhmes Bahn,
Da mag Kühnheit sich an Kraft zerschlagen,
Und mit krachendem Getös die Wagen
Sich vermengen auf bestäubtem Plan.

Mut allein kann hier den Dank erringen,
Der am Ziel des Hippodromes winkt,
Nur der Starke wird das Schicksal zwingen,
Wenn der Schwächling untersinkt.

Aber der, von Klippen eingeschlossen,
Wild und schäumend sich ergossen,
Sanft und eben rinnt des Lebens Fluß
Durch der Schönheit stille Schattenlande,
Und auf seiner Wellen Silberrande
Malt Aurora sich und Hesperus.
Aufgelöst in zarter Wechselliebe,
In der Anmut freiem Bund vereint,
Ruhen hier die ausgesöhnten Triebe,
Und verschwunden ist der Feind.

Wenn, das Tote bildend zu beseelen,
Mit dem Stoff sich zu vermählen,
Tatenvoll der Genius entbrennt,
Da, da spanne sich des Fleißes Nerve,
Und beharrlich ringend unterwerfe
Der Gedanke sich das Element.
Nur dem Ernst, den keine Mühe bleichet,
Rauscht der Wahrheit tief versteckter Born,
Nur des Meißels schwerem Schlag erweichet
Sich des Marmors sprödes Korn.

Aber dringt bis in der Schönheit Sphäre,
Und im Staube bleibt die Schwere
Mit dem Stoff, den sie beherrscht, zurück.
Nicht der Masse qualvoll abgerungen,
Schlank und leicht, wie aus dem Nichts gesprungen,
Steht das Bild vor dem entzückten Blick.
Alle Zweifel, alle Kämpfe schweigen
In des Sieges hoher Sicherheit,
Ausgestoßen hat es jeden Zeugen
Menschlicher Bedürftigkeit.

Wenn ihr in der Menschheit traurger Blöße
Steht vor des Gesetzes Größe,
Wenn dem Heiligen die Schuld sich naht,
Da erblasse vor der Wahrheit Strahle
Eure Tugend, vor dem Ideale
Fliehe mutlos die beschämte Tat.
Kein Erschaffner hat dies Ziel erflogen,
Über diesen grauenvollen Schlund
Trägt kein Nachen, keiner Brücke Bogen,
Und kein Anker findet Grund.

Aber flüchtet aus der Sinne Schranken
In die Freiheit der Gedanken,
Und die Furchterscheinung ist entflohn,
Und der ewge Abgrund wird sich füllen;
Nehmt die Gottheit auf in euren Willen,
Und sie steigt von ihrem Weltenthron.

Des Gesetzes strenge Fessel bindet
Nur den Sklavensinn, der es verschmäht,
Mit des Menschen Widerstand verschwindet
Auch des Gottes Majestät.

Wenn der Menschheit Leiden euch umfangen,
Wenn Laokoon der Schlangen
Sich erwehrt mit namenlosem Schmerz,
Da empöre sich der Mensch! Es schlage
An des Himmels Wölbung seine Klage
Und zerreiße euer fühlend Herz!
Der Natur furchtbare Stimme siege,
Und der Freude Wange werde bleich,
Und der heilgen Sympathie erliege
Das Unsterbliche in euch!

Aber in den heitern Regionen,
Wo die reinen Formen wohnen,
Rauscht des Jammers trüber Sturm nicht mehr.
Hier darf Schmerz die Seele nicht durchschneiden,
Keine Träne fließt hier mehr dem Leiden,
Nur des Geistes tapfrer Gegenwehr.
Lieblich, wie der Iris Farbenfeuer
Auf der Donnerwolke duftgem Tau,
Schimmert durch der Wehmut düstern Schleier
Hier der Ruhe heitres Blau.

Tief erniedrigt zu des Feigen Knechte,
Ging in ewigem Gefechte
Einst Alcid des Lebens schwere Bahn,
Rang mit Hydern und umarmt' den Leuen,
Stürzte sich, die Freunde zu befreien,
Lebend in des Totenschiffers Kahn.
Alle Plagen, alle Erdenlasten
Wälzt der unversöhnten Göttin List
Auf die willgen Schultern des Verhaßten,
Bis sein Lauf geendigt ist –

Bis der Gott, des Irdischen entkleidet,
Flammend sich vom Menschen scheidet
Und des Äthers leichte Lüfte trinkt.
Froh des neuen, ungewohnten Schwebens,
Fließt er aufwärts, und des Erdenlebens
Schweres Traumbild sinkt und sinkt und sinkt.
Des Olympus Harmonien empfangen
Den Verklärten in Kronions Saal,
Und die Göttin mit den Rosenwangen
Reicht ihm lächelnd den Pokal.

Die Teilung der Erde

»Nehmt hin die Welt!« rief Zeus von seinen Höhen
   Den Menschen zu. »Nehmt, sie soll euer sein.
Euch schenk ich sie zum Erb und ewgen Lehen,
   Doch teilt euch brüderlich darein.«

Da eilt, was Hände hat, sich einzurichten,
Es regte sich geschäftig jung und alt.
Der Ackermann griff nach des Feldes Früchten,
Der Junker birschte durch den Wald.

Der Kaufmann nimmt, was seine Speicher fassen,
Der Abt wählt sich den edeln Firnewein,
Der König sperrt die Brücken und die Straßen
Und sprach: »Der Zehente ist mein.«

Ganz spät, nachdem die Teilung längst geschehen,
Naht der Poet, er kam aus weiter Fern.
Ach! da war überall nichts mehr zu sehen,
Und alles hatte seinen Herrn!

»Weh mir! so soll ich denn allein von allen
Vergessen sein, ich, dein getreuster Sohn?«
So ließ er laut der Klage Ruf erschallen
Und warf sich hin vor Jovis Thron.

»Wenn du im Land der Träume dich verweilet«,
Versetzt der Gott, »so hadre nicht mit mir.
Wo warst du denn, als man die Welt geteilet?«
»Ich war« sprach der Poet, »bei dir.

Mein Auge hing an deinem Angesichte,
An deines Himmels Harmonie mein Ohr,
Verzeih dem Geiste, der, von deinem Lichte
Berauscht, das Irdische verlor!«

»Was tun?« spricht Zeus. »Die Welt ist weggegeben,
Der Herbst, die Jagd, der Markt ist nicht mehr mein.
Willst du in meinem Himmel mit mir leben,
So oft du kommst, er soll dir offen sein.«

Die Macht des Gesanges

Ein Regenstrom aus Felsenrissen,
Er kommt mit Donners Ungestüm,
Bergtrümmer folgen seinen Güssen,
Und Eichen stürzen unter ihm;
Erstaunt, mit wollustvollem Grausen,
Hört ihn der Wanderer und lauscht,
Er hört die Flut vom Felsen brausen,
Doch weiß er nicht, woher sie rauscht;
So strömen des Gesanges Wellen
Hervor aus nie entdeckten Quellen.

Verbündet mit den furchtbarn Wesen,
Die still des Lebens Faden drehn,
Wer kann des Sängers Zauber lösen,
Wer seinen Tönen widerstehn?
Wie mit dem Stab des Götterboten
Beherrscht er das bewegte Herz,
Er taucht es in das Reich der Toten,
Er hebt es staunend himmelwärts
Und wiegt es zwischen Ernst und Spiele
Auf schwanker Leiter der Gefühle.

Wie wenn auf einmal in die Kreise
Der Freude, mit Gigantenschritt,
Geheimnisvoll nach Geisterweise
Ein ungeheures Schicksal tritt.
Da beugt sich jede Erdengröße
Dem Fremdling aus der andern Welt,
Des Jubels nichtiges Getöse
Verstummt, und jede Larve fällt,
Und vor der Wahrheit mächtgem Siege
Verschwindet jedes Werk der Lüge.

So rafft von jeder eiteln Bürde,
Wenn des Gesanges Ruf erschallt,
Der Mensch sich auf zur Geisterwürde
Und tritt in heilige Gewalt;
Den hohen Göttern ist er eigen,
Ihm darf nichts Irdisches sich nahn,
Und jede andre Macht muß schweigen,
Und kein Verhängnis fällt ihn an,
Es schwinden jedes Kummers Falten,
Solang des Liedes Zauber walten.

Und wie nach hoffnungslosem Sehnen,
Nach langer Trennung bitterm Schmerz,
Ein Kind mit heißen Reuetränen
Sich stürzt an seiner Mutter Herz,
So führt zu seiner Jugend Hütten,
Zu seiner Unschuld reinem Glück,
Vom fernen Ausland fremder Sitten

Den Flüchtling der Gesang zurück,
In der Natur getreuen Armen
Von kalten Regeln zu erwarmen.

Die Worte des Glaubens

Drei Worte nenn ich euch, inhaltschwer,
Sie gehen von Munde zu Munde,
Doch stammen sie nicht von außen her,
Das Herz nur gibt davon Kunde.
Dem Menschen ist aller Wert geraubt,
Wenn er nicht mehr an die drei Worte glaubt.

Der Mensch ist frei geschaffen, ist frei,
Und würd er in Ketten geboren,
Laßt euch nicht irren des Pöbels Geschrei,
Nicht den Mißbrauch rasender Toren.
Vor dem Sklaven, wenn er die Kette bricht,
Vor dem freien Menschen erzittert nicht.

Und die Tugend, sie ist kein leerer Schall,
Der Mensch kann sie üben im Leben,
Und sollt er auch straucheln überall,
Er kann nach der göttlichen streben,
Und was kein Verstand der Verständigen sieht,
Das übet in Einfalt ein kindlich Gemüt.

Und ein Gott ist, ein heiliger Wille lebt,
  Wie auch der menschliche wanke,
Hoch über der Zeit und dem Raume webt
  Lebendig der höchste Gedanke,
Und ob alles in ewigem Wechsel kreist,
Es beharret im Wechsel ein ruhiger Geist.

Die drei Worte bewahret euch, inhaltschwer,
  Sie pflanzet von Munde zu Munde,
Und stammen sie gleich nicht von außen her,
  Euer Innres gibt davon Kunde,
Dem Menschen ist nimmer sein Wert geraubt,
Solang er noch an die drei Worte glaubt.

Die Worte des Wahns

Drei Worte hört man, bedeutungsschwer,
  Im Munde der Guten und Besten.
Sie schallen vergeblich, ihr Klang ist leer,
  Sie können nicht helfen und trösten.
Verscherzt ist dem Menschen des Lebens Frucht,
Solang er die Schatten zu haschen sucht.

Solang er glaubt an die goldene Zeit,
  Wo das Rechte, das Gute wird siegen, –
Das Rechte, das Gute führt ewig Streit,

Nie wird der Feind ihm erliegen,
Und erstickst du ihn nicht in den Lüften frei,
Stets wächst ihm die Kraft auf der Erde neu.

Solang er glaubt, daß das buhlende Glück
Sich dem Edeln vereinigen werde –
Dem Schlechten folgt es mit Liebesblick,
Nicht dem Guten gehöret die Erde.
Er ist ein Fremdling, er wandert aus
Und suchet ein unvergänglich Haus.

Solang er glaubt, daß dem irdschen Verstand
Die Wahrheit je wird erscheinen,
Ihren Schleier hebt keine sterbliche Hand,
Wir können nur raten und meinen.
Du kerkerst den Geist in ein tönend Wort,
Doch der freie wandelt im Sturme fort.

Drum, edle Seele, entreiß dich dem Wahn
Und den himmlischen Glauben bewahre!
Was kein Ohr vernahm, was die Augen nicht sahn,
Es ist dennoch, das Schöne, das Wahre!
Es ist nicht draußen, da sucht es der Tor,
Es ist *in* dir, du bringst es ewig hervor.

Hoffnung

Es reden und träumen die Menschen viel
　Von bessern künftigen Tagen,
Nach einem glücklichen goldenen Ziel
　Sieht man sie rennen und jagen.
Die Welt wird alt und wird wieder jung,
Doch der Mensch hofft immer Verbesserung!

Die Hoffnung führt ihn ins Leben ein,
　Sie umflattert den fröhlichen Knaben,
Den Jüngling begeistert ihr Zauberschein,
　Sie wird mit dem Greis nicht begraben,
Denn beschließt er im Grabe den müden Lauf,
Noch am Grabe pflanzt er – die Hoffnung auf.

Es ist kein leerer schmeichelnder Wahn,
　Erzeugt im Gehirne des Toren.
Im Herzen kündet es laut sich an,
　Zu was Besserm sind wir geboren!
Und was die innere Stimme spricht,
Das täuscht die hoffende Seele nicht.

Licht und Wärme

Der beßre Mensch tritt in die Welt
　Mit fröhlichem Vertrauen,
Er glaubt, was ihm die Seele schwellt,

Auch außer sich zu schauen,
Und weiht, von edlem Eifer warm,
Der Wahrheit seinen treuen Arm.

Doch alles ist so klein, so eng,
Hat er es erst erfahren,
Da sucht er in dem Weltgedräng
Sich selbst nur zu bewahren,
Das Herz in kalter stolzer Ruh
Schließt endlich sich der Liebe zu.

Sie geben, ach! nicht immer Glut,
Der Wahrheit helle Strahlen,
Wohl denen, die des Wissens Gut
Nicht mit dem Herzen zahlen.
Drum paart, zu eurem schönsten Glück,
Mit Schwärmers Ernst des Weltmanns Blick.

Breite und Tiefe

Es glänzen viele in der Welt,
Sie wissen von allem zu sagen,
Und wo was reizet und wo was gefällt,
Man kann es bei ihnen erfragen,
Man dächte, hört man sie reden laut,
Sie hätten wirklich erobert die Braut.

Doch gehn sie aus der Welt ganz still,
Ihr Leben war verloren,
Wer etwas Treffliches leisten will,
Hätt gern was Großes geboren,
Der sammle still und unerschlafft
Im kleinsten Punkte die höchste Kraft.

Der Stamm erhebt sich in die Luft
Mit üppig prangenden Zweigen,
Die Blätter glänzen und hauchen Duft,
Doch können sie Früchte nicht zeugen,
Der Kern allein im schmalen Raum
Verbirgt den Stolz des Waldes, den Baum.

Würde der Frauen

Ehret die Frauen! Sie flechten und weben
Himmlische Rosen ins irdische Leben,
Flechten der Liebe beglückendes Band,
Und in der Grazie züchtigem Schleier
Nähren sie wachsam das ewige Feuer
Schöner Gefühle mit heiliger Hand.

Ewig aus der Wahrheit Schranken
Schweift des Mannes wilde Kraft,
Unstet treiben die Gedanken
Auf dem Meer der Leidenschaft.

Gierig greift er in die Ferne,
Nimmer wird sein Herz gestillt,
Rastlos durch entlegne Sterne
Jagt er seines Traumes Bild.

Aber mit zauberisch fesselndem Blicke
Winken die Frauen den Flüchtling zurücke,
Warnend zurück in der Gegenwart Spur.
In der Mutter bescheidener Hütte
Sind sie geblieben mit schamhafter Sitte,
Treue Töchter der frommen Natur.

Feindlich ist des Mannes Streben,
Mit zermalmender Gewalt
Geht der wilde durch das Leben,
Ohne Rast und Aufenthalt.
Was er schuf, zerstört er wieder,
Nimmer ruht der Wünsche Streit,
Nimmer, wie das Haupt der Hyder
Ewig fällt und sich erneut.

Aber, zufrieden mit stillerem Ruhme,
Brechen die Frauen des Augenblicks Blume,
Nähren sie sorgsam mit liebendem Fleiß,
Freier in ihrem gebundenen Wirken,
Reicher als er in des Wissens Bezirken
Und in der Dichtung unendlichem Kreis.

Streng und stolz sich selbst genügend,
Kennt des Mannes kalte Brust,
Herzlich an ein Herz sich schmiegend,
Nicht der Liebe Götterlust,
Kennet nicht den Tausch der Seelen,
Nicht in Tränen schmilzt er hin,
Selbst des Lebens Kämpfe stählen
Härter seinen harten Sinn.

Aber, wie leise vom Zephir erschüttert
Schnell die äolische Harfe erzittert,
Also die fühlende Seele der Frau.
Zärtlich geängstigt vom Bilde der Qualen,
Wallet der liebende Busen, es strahlen
Perlend die Augen von himmlischem Tau.

In der Männer Herrschgebiete
Gilt der Stärke trotzig Recht,
Mit dem Schwert beweist der Scythe,
Und der Perser wird zum Knecht.
Es befehden sich im Grimme
Die Begierden wild und roh,
Und der Eris rauhe Stimme
Waltet, wo die Charis floh.

Aber mit sanft überredender Bitte
Führen die Frauen den Szepter der Sitte,
Löschen die Zwietracht, die tobend entglüht,

Lehren die Kräfte, die feindlich sich hassen,
Sich in der lieblichen Form zu umfassen,
Und vereinen, was ewig sich flieht.

Poesie des Lebens

An ***

»Wer möchte sich an Schattenbildern weiden,
Die mit erborgtem Schein das Wesen überkleiden,
Mit trügrischem Besitz die Hoffnung hintergehn?
Entblößt muß ich die Wahrheit sehn.
Soll gleich mit meinem Wahn mein ganzer Himmel
schwinden,
Soll gleich den freien Geist, den der erhabne Flug
Ins grenzenlose Reich der Möglichkeiten trug,
Die Gegenwart mit strengen Fesseln binden,
Er lernt sich selber überwinden,
Ihn wird das heilige Gebot
Der Pflicht, das furchtbare der Not
Nur desto unterwürfger finden.
Wer schon der Wahrheit milde Herrschaft scheut,
Wie trägt er die Notwendigkeit?« –

So rufst du aus und blickst, mein strenger Freund,
Aus der Erfahrung sicherm Porte
Verwerfend hin auf alles, was nur scheint.
Erschreckt von deinem ernsten Worte
Entflieht der Liebesgötter Schar,

Der Musen Spiel verstummt, es ruhn der Horen Tänze,
Still traurend nehmen ihre Kränze
Die Schwestergöttinnen vom schön gelockten Haar,
Apoll zerbricht die goldne Leier,
Und Hermes seinen Wunderstab,
Des Traumes rosenfarbner Schleier
Fällt von des Lebens bleichem Antlitz ab,
Die Welt scheint, was sie ist, ein Grab.
Von seinen Augen nimmt die zauberische Binde
Cytherens Sohn, die Liebe sieht,
Sie sieht in ihrem Götterkinde
Den Sterblichen, erschrickt und flieht,
Der Schönheit Jugendbild veraltet,
Auf deinen Lippen selbst erkaltet
Der Liebe Kuß, und in der Freude Schwung
Ergreift dich die Versteinerung.

Das verschleierte Bild zu Sais

Ein Jüngling, den des Wissens heißer Durst
Nach Sais in Ägypten trieb, der Priester
Geheime Weisheit zu erlernen, hatte
Schon manchen Grad mit schnellem Geist durcheilt,
Stets riß ihn seine Forschbegierde weiter,
Und kaum besänftigte der Hierophant
Den ungeduldig Strebenden. »Was hab ich,
Wenn ich nicht alles habe?« sprach der Jüngling,
»Gibts etwa hier ein Weniger und Mehr?

Ist deine Wahrheit wie der Sinne Glück
Nur eine Summe, die man größer, kleiner
Besitzen kann und immer doch besitzt?
Ist sie nicht eine einzge, ungeteilte?
Nimm einen Ton aus einer Harmonie,
Nimm eine Farbe aus dem Regenbogen,
Und alles, was dir bleibt, ist nichts, solang
Das schöne All der Töne fehlt und Farben.«

Indem sie einst so sprachen, standen sie
In einer einsamen Rotonde still,
Wo ein verschleiert Bild von Riesengröße
Dem Jüngling in die Augen fiel. Verwundert
Blickt er den Führer an und spricht: »Was ists,
Das hinter diesem Schleier sich verbirgt?«
»Die Wahrheit« ist die Antwort. – »Wie?« ruft jener,
»Nach Wahrheit streb ich ja allein, und diese
Gerade ist es, die man mir verhüllt?«

»Das mache mit der Gottheit aus«, versetzt
Der Hierophant. »Kein Sterblicher, sagt sie,
Rückt diesen Schleier, bis ich selbst ihn hebe.
Und wer mit ungeweihter, schuldger Hand
Den heiligen, verbotnen früher hebt,
Der, spricht die Gottheit –« »Nun?« »Der *sieht* die
Wahrheit.«
»Ein seltsamer Orakelspruch! Du selbst,
Du hättest also niemals ihn gehoben?«

»Ich? Wahrlich nicht! Und war auch nie dazu
Versucht.« – »Das fass ich nicht. Wenn von der Wahrheit
Nur diese dünne Scheidewand mich trennte –«
»Und ein Gesetz«, fällt ihm sein Führer ein.
»Gewichtiger, mein Sohn, als du es meinst,
Ist dieser dünne Flor – für deine Hand
Zwar leicht, doch zentnerschwer für dein Gewissen.«

Der Jüngling ging gedankenvoll nach Hause,
Ihm raubt des Wissens brennende Begier
Den Schlaf, er wälzt sich glühend auf dem Lager
Und rafft sich auf um Mitternacht. Zum Tempel
Führt unfreiwillig ihn der scheue Tritt.
Leicht ward es ihm, die Mauer zu ersteigen,
Und mitten in das Innre der Rotonde
Trägt ein beherzter Sprung den Wagenden.

Hier steht er nun, und grauenvoll umfängt
Den Einsamen die lebenlose Stille,
Die nur der Tritte hohler Widerhall
In den geheimen Grüften unterbricht.
Von oben durch der Kuppel Öffnung wirft
Der Mond den bleichen, silberblauen Schein,
Und furchtbar wie ein gegenwärtger Gott
Erglänzt durch des Gewölbes Finsternisse
In ihrem langen Schleier die Gestalt.

Er tritt hinan mit ungewissem Schritt,
Schon will die freche Hand das Heilige berühren,
Da zuckt es heiß und kühl durch sein Gebein
Und stößt ihn weg mit unsichtbarem Arme.
Unglücklicher, was willst du tun? So ruft
In seinem Innern eine treue Stimme.
Versuchen den Allheiligen willst du?
Kein Sterblicher, sprach des Orakels Mund,
Rückt diesen Schleier, bis ich selbst ihn hebe.
Doch setzte nicht derselbe Mund hinzu:
Wer diesen Schleier hebt, soll Wahrheit schauen?
»Sei hinter ihm, was will! Ich heb ihn auf.«
(Er rufts mit lauter Stimm.) »Ich will sie schauen.«
Schauen!
Gellt ihm ein langes Echo spottend nach.

Er sprichts und hat den Schleier aufgedeckt.
»Nun, fragt ihr, und was zeigte sich ihm hier?«
Ich weiß es nicht. Besinnungslos und bleich,
So fanden ihn am andern Tag die Priester
Am Fußgestell der Isis ausgestreckt.
Was er allda gesehen und erfahren,
Hat seine Zunge nie bekannt. Auf ewig
War seines Lebens Heiterkeit dahin,
Ihn riß ein tiefer Gram zum frühen Grabe.
»Weh dem«, dies war sein warnungsvolles Wort,
Wenn ungestüme Frager in ihn drangen,
»Weh dem, der zu der Wahrheit geht durch Schuld,
Sie wird ihm nimmermehr erfreulich sein.«

Sprüche des Konfuzius

Dreifach ist der Schritt der Zeit:
Zögernd kommt die Zukunft hergezogen,
Pfeilschnell ist das Jetzt entflogen,
Ewig still steht die Vergangenheit.

Keine Ungeduld beflügelt
Ihren Schritt, wenn sie verweilt.
Keine Furcht, kein Zweifeln zügelt
Ihren Lauf, wenn sie enteilt.
Keine Reu, kein Zaubersegen
Kann die Stehende bewegen.

Möchtest du beglückt und weise
Endigen des Lebens Reise,
Nimm die Zögernde zum Rat,
Nicht zum Werkzeug deiner Tat.
Wähle nicht die Fliehende zum Freund,
Nicht die Bleibende zum Feind.

*

Dreifach ist des Raumes Maß.
  Rastlos fort ohn Unterlaß
  Strebt die *Länge,* fort ins Weite
  Endlos gießet sich die *Breite,*
  Grundlos senkt die *Tiefe* sich.

Dir ein Bild sind sie gegeben:
Rastlos vorwärts mußt du streben,
Nie ermüdet stille stehn,
Willst du die Vollendung sehn;
Mußt ins Breite dich entfalten,
Soll sich dir die Welt gestalten;
In die Tiefe mußt du steigen,
Soll sich dir das Wesen zeigen.
Nur Beharrung führt zum Ziel,
Nur die Fülle führt zur Klarheit,
Und im Abgrund wohnt die Wahrheit.

Elegien

Die Sänger der Vorwelt

Sagt, wo sind die Vortrefflichen hin, wo find ich die Sänger,
 Die mit dem lebenden Wort horchende Völker entzückt,
Die vom Himmel den Gott, zum Himmel den Menschen gesungen
 Und getragen den Geist hoch auf den Flügeln des Lieds?
Ach, noch leben die Sänger, nur fehlen die Taten, die Lyra
 Freudig zu wecken, es fehlt, ach! ein empfangendes Ohr.
Glückliche Dichter der glücklichen Welt! Von Munde zu Munde
 Flog, von Geschlecht zu Geschlecht euer empfundenes Wort.
Wie man die Götter empfängt, so begrüßte jeder mit Andacht,
 Was der Genius ihm, redend und bildend, erschuf.
An der Glut des Gesangs entflammten des Hörers Gefühle,

An des Hörers Gefühl nährte der Sänger die Glut.
Nährt' und reinigte sie! Der Glückliche, dem in des Volkes
Stimme noch hell zurück tönte die Seele des Lieds,
Dem noch von außen erschien, im Leben, die himmlische Gottheit,
Die der Neuere kaum, kaum noch im Herzen vernimmt.

Der Spaziergang

Sei mir gegrüßt, mein Berg mit dem rötlich strahlenden Gipfel,
Sei mir, Sonne, gegrüßt, die ihn so lieblich bescheint,
Dich auch grüß ich, belebte Flur, euch, säuselnde Linden,
Und den fröhlichen Chor, der auf den Ästen sich wiegt,
Ruhige Bläue, dich auch, die unermeßlich sich ausgießt
Um das braune Gebirg, über den grünenden Wald,
Auch um mich, der endlich entflohn des Zimmers Gefängnis
Und dem engen Gespräch freudig sich rettet zu dir,
Deiner Lüfte balsamischer Strom durchrinnt mich erquickend,
Und den durstigen Blick labt das energische Licht,
Kräftig auf blühender Au erglänzen die wechselnden Farben,

Aber der reizende Streit löset in Anmut sich auf,
Frei empfängt mich die Wiese mit weithin verbreitetem Teppich,
Durch ihr freundliches Grün schlingt sich der ländliche Pfad,
Um mich summt die geschäftige Bien, mit zweifelndem Flügel
Wiegt der Schmetterling sich über dem rötlichten Klee,
Glühend trifft mich der Sonne Pfeil, still liegen die Weste,
Nur der Lerche Gesang wirbelt in heiterer Luft.
Doch jetzt brausts aus dem nahen Gebüsch, tief neigen der Erlen
Kronen sich, und im Wind wogt das versilberte Gras,
Mich umfängt ambrosische Nacht; in duftende Kühlung
Nimmt ein prächtiges Dach schattender Buchen mich ein,
In des Waldes Geheimnis entflieht mir auf einmal die Landschaft,
Und ein schlängelnder Pfad leitet mich steigend empor.
Nur verstohlen durchdringt der Zweige laubigtes Gitter
Sparsames Licht, und es blickt lachend das Blaue herein.
Aber plötzlich zerreißt der Flor. Der geöffnete Wald gibt
Überraschend des Tags blendendem Glanz mich zurück.
Unabsehbar ergießt sich vor meinen Blicken die Ferne,

Und ein blaues Gebirg endigt im Dufte die Welt.
Tief an des Berges Fuß, der gählings unter mir abstürzt,
Wallet des grünlichten Stroms fließender Spiegel vorbei.
Endlos unter mir seh ich den Äther, über mir endlos,
Blicke mit Schwindeln hinauf, blicke mit Schaudern hinab,
Aber zwischen der ewigen Höh und der ewigen Tiefe
Trägt ein geländerter Steig sicher den Wandrer dahin.
Lachend fliehen an mir die reichen Ufer vorüber,
Und den fröhlichen Fleiß rühmet das prangende Tal.
Jene Linien, sieh! die des Landmanns Eigentum scheiden,
In den Teppich der Flur hat sie Demeter gewirkt.
Freundliche Schrift des Gesetzes, des menschenerhaltenden Gottes,
Seit aus der ehernen Welt fliehend die Liebe verschwand,
Aber in freieren Schlangen durchkreuzt die geregelten Felder,
Jetzt verschlungen vom Wald, jetzt an den Bergen hinauf
Klimmend, ein schimmernder Streif, die Länder verknüpfende Straße;
Auf dem ebenen Strom gleiten die Flöße dahin,
Vielfach ertönt der Herden Geläut im belebten Gefilde,
Und den Widerhall weckt einsam des Hirten Gesang.
Muntre Dörfer bekränzen den Strom, in Gebüschen verschwinden

Andre, vom Rücken des Bergs stürzen sie gäh dort herab.
Nachbarlich wohnet der Mensch noch mit dem Acker zusammen,
Seine Felder umruhn friedlich sein ländliches Dach,
Traulich rankt sich die Reb empor an dem niedrigen Fenster,
Einen umarmenden Zweig schlingt um die Hütte der Baum.
Glückliches Volk der Gefilde! noch nicht zur Freiheit erwachet,
Teilst du mit deiner Flur fröhlich das enge Gesetz.
Deine Wünsche beschränkt der Ernten ruhiger Kreislauf,
Wie dein Tagewerk, gleich, windet dein Leben sich ab!
Aber wer raubt mir auf einmal den lieblichen Anblick? Ein fremder
Geist verbreitet sich schnell über die fremdere Flur!
Spröde sondert sich ab, was kaum noch liebend sich mischte,
Und das Gleiche nur ists, was an das Gleiche sich reiht:
Stände seh ich gebildet, der Pappeln stolze Geschlechter
Ziehn in geordnetem Pomp vornehm und prächtig daher,
Regel wird alles, und alles wird Wahl und alles Bedeutung,
Dieses Dienergefolg meldet den Herrscher mir an.

Prangend verkündigen ihn von fern die beleuchteten Kuppeln,
Aus dem felsigten Kern hebt sich die türmende *Stadt.*
In die Wildnis hinaus sind des Waldes Faunen verstoßen,
Aber die Andacht leiht höheres Leben dem Stein.
Näher gerückt ist der Mensch an den Menschen. Enger wird um ihn,
Reger erwacht, es umwälzt rascher sich in ihm die Welt.
Sieh, da entbrennen in feurigem Kampf die eifernden Kräfte,
Großes wirket ihr Streit, Größeres wirket ihr Bund.
Tausend Hände belebt *ein* Geist, hoch schläget in tausend
Brüsten, von *einem* Gefühl glühend, ein einziges Herz,
Schlägt für das Vaterland und glüht für der Ahnen Gesetze,
Hier auf dem teuren Grund ruht ihr verehrtes Gebein.
Nieder steigen vom Himmel die seligen Götter und nehmen
In dem geweihten Bezirk festliche Wohnungen ein,
Herrliche Gaben bescherend erscheinen sie; Ceres vor allen
Bringet des Pfluges Geschenk, Hermes den Anker herbei,
Bacchus die Traube, Minerva des Ölbaums grünende Reiser,

Auch das kriegrische Roß führet Poseidon heran,
Mutter Cybele spannt an des Wagens Deichsel die
Löwen,
In das gastliche Tor zieht sie als Bürgerin ein.
Heilige Steine! Aus euch ergossen sich Pflanzer der
Menschheit,
Fernen Inseln des Meers sandtet ihr Sitten und Kunst,
Weise sprachen das Recht an diesen geselligen Toren,
Helden stürzten zum Kampf für die Penaten heraus.
Auf den Mauren erschienen, den Säugling im Arme, die
Mütter,
Blickten dem Heerzug nach, bis ihn die Ferne ver-
schlang.
Betend stürzten sie dann vor der Götter Altären sich
nieder,
Flehten um Ruhm und Sieg, flehten um Rückkehr
für euch.
Ehre ward euch und Sieg, doch der Ruhm nur kehrte
zurücke,
Eurer Taten Verdienst meldet der rührende Stein:
»Wanderer, kommst du nach Sparta, verkündige dorten,
du habest
Uns hier liegen gesehn, wie das Gesetz es befahl.«
Ruhet sanft, ihr Geliebten! Von eurem Blute begossen,
Grünet der Ölbaum, es keimt lustig die köstliche Saat.
Munter entbrennt, des Eigentums froh, das freie
Gewerbe,
Aus dem Schilfe des Stroms winket der bläulichte
Gott.

Zischend fliegt in den Baum die Axt, es erseufzt die Dryade,
Hoch von des Berges Haupt stürzt sich die donnernde Last.
Aus dem Felsbruch wiegt sich der Stein, vom Hebel beflügelt,
In der Gebirge Schlucht taucht sich der Bergmann hinab.
Mulcibers Amboß tönt von dem Takt geschwungener Hämmer,
Unter der nervigten Faust spritzen die Funken des Stahls.
Glänzend umwindet der goldene Lein die tanzende Spindel,
Durch die Saiten des Garns sauset das webende Schiff,
Fern auf der Reede ruft der Pilot, es warten die Flotten,
Die in der Fremdlinge Land tragen den heimischen Fleiß,
Andre ziehn frohlockend dort ein, mit den Gaben der Ferne,
Hoch von dem ragenden Mast wehet der festliche Kranz.
Siehe, da wimmeln die Märkte, der Kran von fröhlichem Leben,
Seltsamer Sprachen Gewirr braust in das wundernde Ohr.
Auf den Stapel schüttet die Ernten der Erde der Kaufmann,
Was dem glühenden Strahl Afrikas Boden gebiert,

Was Arabien kocht, was die äußerste Thule bereitet,
    Hoch mit erfreuendem Gut füllt Amalthea das Horn.
Da gebieret das Glück dem Talente die göttlichen Kinder,
    Von der Freiheit gesäugt, wachsen die Künste der
                                        Lust.
Mit nachahmendem Leben erfreuet der Bildner die
                                        Augen,
    Und vom Meißel beseelt, redet der fühlende Stein,
Künstliche Himmel ruhn auf schlanken ionischen
                                        Säulen,
    Und den ganzen Olymp schließet ein Pantheon ein,
Leicht wie der Iris Sprung durch die Luft, wie der Pfeil
                                        von der Senne,
    Hüpfet der Brücke Joch über den brausenden Strom.
Aber im stillen Gemach entwirft bedeutende Zirkel
    Sinnend der Weise, beschleicht forschend den
                                        schaffenden Geist,
Prüft der Stoffe Gewalt, der Magnete Hassen und Lieben,
    Folgt durch die Lüfte dem Klang, folgt durch den
                                        Äther dem Strahl,
Sucht das vertraute Gesetz in des Zufalls grausenden
                                        Wundern,
    Sucht den ruhenden Pol in der Erscheinungen Flucht.
Körper und Stimme leiht die Schrift dem stummen
                                        Gedanken,
    Durch der Jahrhunderte Strom trägt ihn das redende
                                        Blatt.
Da zerrinnt vor dem wundernden Blick der Nebel des
                                        Wahnes,

Und die Gebilde der Nacht weichen dem tagenden Licht.
Seine Fesseln zerbricht der Mensch. Der Beglückte! Zerriß er
Mit den Fesseln der Furcht nur nicht den Zügel der Scham!
Freiheit ruft die Vernunft, Freiheit die wilde Begierde,
Von der heilgen Natur ringen sie lüstern sich los.
Ach, da reißen im Sturm die Anker, die an dem Ufer
Warnend ihn hielten, ihn faßt mächtig der flutende Strom,
Ins Unendliche reißt er ihn hin, die Küste verschwindet,
Hoch auf der Fluten Gebirg wiegt sich entmastet der Kahn,
Hinter Wolken erlöschen des Wagens beharrliche Sterne,
Bleibend ist nichts mehr, es irrt selbst in dem Busen der Gott.
Aus dem Gespräche verschwindet die Wahrheit, Glauben und Treue
Aus dem Leben, es lügt selbst auf der Lippe der Schwur.
In der Herzen vertraulichsten Bund, in der Liebe Geheimnis
Drängt sich der Sykophant, reißt von dem Freunde den Freund,
Auf die Unschuld schielt der Verrat mit verschlingendem Blicke,
Mit vergiftendem Biß tötet des Lästerers Zahn.
Feil ist in der geschändeten Brust der Gedanke, die Liebe

Wirft des freien Gefühls göttlichen Adel hinweg,
Deiner heiligen Zeichen, o Wahrheit, hat der Betrug sich
Angemaßt, der Natur köstlichste Stimmen entweiht,
Die das bedürftige Herz in der Freude Drang sich erfindet,
Kaum gibt wahres Gefühl noch durch Verstummen sich kund.
Auf der Tribüne prahlet das Recht, in der Hütte die Eintracht,
Des Gesetzes Gespenst steht an der Könige Thron,
Jahrelang mag, jahrhundertelang die Mumie dauern,
Mag das trügende Bild lebender Fülle bestehn,
Bis die Natur erwacht, und mit schweren ehernen Händen
An das hohle Gebäu rühret die Not und die Zeit,
Einer Tigerin gleich, die das eiserne Gitter durchbrochen
Und des numidischen Walds plötzlich und schrecklich gedenkt,
Aufsteht mit des Verbrechens Wut und des Elends die Menschheit
Und in der Asche der Stadt sucht die verlorne Natur.
O, so öffnet euch, Mauren, und gebt den Gefangenen ledig,
Zu der verlassenen Flur kehr er gerettet zurück!
Aber wo bin ich? Es birgt sich der Pfad. Abschüssige Gründe
Hemmen mit gähnender Kluft hinter mir, vor mir den Schritt.

Hinter mir blieb der Gärten, der Hecken vertraute
Begleitung,
Hinter mir jegliche Spur menschlicher Hände
zurück.
Nur die Stoffe seh ich getürmt, aus welchen das Leben
Keimet, der rohe Basalt hofft auf die bildende Hand,
Brausend stürzt der Gießbach herab durch die Rinne
des Felsen,
Unter den Wurzeln des Baums bricht er entrüstet sich
Bahn.
Wild ist es hier und schauerlich öd. Im einsamen
Luftraum
Hängt nur der Adler und knüpft an das Gewölke die
Welt.
Hoch herauf bis zu mir trägt keines Windes Gefieder
Den verlorenen Schall menschlicher Mühen und
Lust.
Bin ich wirklich allein? In deinen Armen, an deinem
Herzen wieder, Natur, ach! und es war nur ein
Traum,
Der mich schaudernd ergriff mit des Lebens furcht-
barem Bilde,
Mit dem stürzenden Tal stürzte der finstre hinab.
Reiner nehm ich mein Leben von deinem reinen Altare,
Nehme den fröhlichen Mut hoffender Jugend zurück!
Ewig wechselt der Wille den Zweck und die Regel, in
ewig
Wiederholter Gestalt wälzen die Taten sich um.
Aber jugendlich immer, in immer veränderter Schöne

Ehrst du, fromme Natur, züchtig das alte Gesetz,
Immer dieselbe, bewahrst du in treuen Händen dem Manne,
Was dir das gaukelnde Kind, was dir der Jüngling vertraut,
Nährest an gleicher Brust die vielfach wechselnden Alter;
Unter demselben Blau, über dem nämlichen Grün
Wandeln die nahen und wandeln vereint die fernen Geschlechter,
Und die Sonne Homers, siehe! sie lächelt auch uns.

Pompeji und Herkulanum

Welches Wunder begibt sich? Wir flehten um trinkbare Quellen,
Erde! dich an, und was sendet dein Schoß uns herauf!
Lebt es im Abgrund auch? Wohnt unter der Lava verborgen
Noch ein neues Geschlecht? Kehrt das entflohne zurück?
Griechen, Römer! O kommt! O seht, das alte Pompeji
Findet sich wieder, aufs neu bauet sich Herkules' Stadt.
Giebel an Giebel steigt, der räumige Portikus öffnet
Seine Hallen, o eilt, ihn zu beleben, herbei!
Aufgetan ist das weite Theater, es stürze durch seine
Sieben Mündungen sich flutend die Menge herein.

Mimen, wo bleibt ihr? Hervor! Das bereitete Opfer vollende
  Atreus' Sohn, dem Orest folge der grausende Chor.
Wohin führet der Bogen des Siegs? Erkennt ihr das Forum?
  Was für Gestalten sind das auf dem kurulischen Stuhl?
Traget, Liktoren, die Beile voran! Den Sessel besteige
  Richtend der Prätor, der Zeug trete, der Kläger vor ihn.
Reinliche Gassen breiten sich aus, mit erhöhetem Pflaster
  Ziehet der schmälere Weg neben den Häusern sich hin.
Schützend springen die Dächer hervor, die zierlichen Zimmer
  Reihn um den einsamen Hof heimlich und traulich sich her.
Öffnet die Läden geschwind und die lange verschütteten Türen,
  In die schaudrigte Nacht falle der lustige Tag.
Siehe, wie rings um den Rand die netten Bänke sich dehnen,
  Wie von buntem Gestein schimmernd das Estrich sich hebt!
Frisch noch erglänzt die Wand von heiter brennenden Farben,
  Wo ist der Künstler? Er warf eben den Pinsel hinweg.
Schwellender Früchte voll und lieblich geordneter Blumen

Fasset der muntre Feston reizende Bildungen ein.
Mit beladenem Korb schlüpft hier ein Amor
vorüber,
Emsige Genien dort keltern den purpurnen Wein,
Hochauf springt die Bacchantin im Tanz, dort ruhet sie
schlummernd,
Und der lauschende Faun hat sich nicht satt noch
gesehn.
Flüchtig tummelt sie hier den raschen Zentauren, auf
einem
Knie nur schwebend, und treibt frisch mit dem
Thyrsus ihn an.
Knaben! Was säumt ihr? Herbei! Da stehn noch die
schönen Geschirre,
Frisch, ihr Mädchen, und schöpft in den etrurischen
Krug.
Steht nicht der Dreifuß hier auf schön geflügelten
Sphinxen?
Schüret das Feuer! Geschwind, Sklaven! Bestellet den
Herd!
Kauft, hier geb ich euch Münzen, vom mächtigen Titus
gepräget,
Auch noch die Waage liegt hier, sehet, es fehlt kein
Gewicht.
Stecket das brennende Licht auf den zierlich gebildeten
Leuchter,
Und mit glänzendem Öl fülle die Lampe sich an.
Was verwahret dies Kästchen? O seht, was der Bräutigam
sendet,

Mädchen! Spangen von Gold, glänzende Pasten zum Schmuck!
Führet die Braut in das duftende Bad, hier stehn noch die Salben,
Schminke find ich noch hier in dem gehöhlten Kristall.
Aber wo bleiben die Männer? die Alten? Im ernsten Museum
Liegt noch ein köstlicher Schatz seltener Rollen gehäuft.
Griffel findet ihr hier zum Schreiben, wächserne Tafeln,
Nichts ist verloren, getreu hat es die Erde bewahrt.
Auch die Penaten, sie stellen sich ein, es finden sich alle
Götter wieder, warum bleiben die Priester nur aus?
Den Caduceus schwingt der zierlich geschenkelte Hermes,
Und die Viktoria fliegt leicht aus der haltenden Hand.
Die Altäre, sie stehen noch da, o kommet, o zündet,
Lang schon entbehrte der Gott, zündet die Opfer ihm an!

Die Geschlechter

Sieh in dem zarten Kind zwei liebliche Blumen vereinigt,
Jungfrau und Jüngling, sie deckt beide die Knospe noch zu.
Leise löst sich das Band, es entzweien sich zart die Naturen,

Und von der holden Scham trennet sich feurig die Kraft.
Gönne dem Knaben zu spielen, in wilder Begierde zu toben:
Nur die gesättigte Kraft kehret zur Anmut zurück.
Aus der Knospe beginnt die doppelte Blume zu streben,
Köstlich ist jede, doch stillt keine dein sehnendes Herz.
Reizende Fülle schwellt der Jungfrau blühende Glieder,
Aber der Stolz bewacht streng wie der Gürtel den Reiz.
Scheu wie das zitternde Reh, das ihr Horn durch die Wälder verfolget,
Flieht sie im Mann nur den Feind, hasset noch, weil sie nicht liebt.
Trotzig schauet und kühn aus finstern Wimpern der Jüngling,
Und, gehärtet zum Kampf, spannet die Sehne sich an.
Fern in der Speere Gewühl und auf die stäubende Rennbahn
Ruft ihn der lockende Ruhm, reißt ihn der brausende Mut.
Jetzt beschütze dein Werk, Natur! Auseinander auf immer
Fliehet, wenn *du* nicht vereinst, feindlich, was ewig sich sucht.
Aber da bist du, du Mächtige, schon, aus dem wildesten Streite
Rufst du der Harmonie göttlichen Frieden hervor.

Tief verstummet die lärmende Jagd, des rauschenden Tages
Tosen verhallet, und leis sinken die Sterne herab.
Seufzend flüstert das Rohr, sanft murmelnd gleiten die Bäche,
Und mit melodischem Lied füllt Philomela den Hain.
Was erreget zu Seufzern der Jungfrau steigenden Busen?
Jüngling, was füllet den Blick schwellend mit Tränen dir an?
Ach, sie suchet umsonst, was sie sanft anschmiegend umfasse,
Und die schwellende Frucht beuget zur Erde die Last.
Ruhelos strebend verzehrt sich in eigenen Flammen der Jüngling,
Ach, der brennenden Glut wehet kein lindernder Hauch.
Siehe, da finden sie sich, es führet sie Amor zusammen,
Und dem geflügelten Gott folgt der geflügelte Sieg.
Göttliche Liebe, du bists, die der Menschheit Blumen vereinigt,
Ewig getrennt, sind sie doch ewig verbunden durch dich.

Der Tanz

Siehe, wie schwebenden Schritts im Wellenschwung sich die Paare
Drehen, den Boden berührt kaum der geflügelte Fuß.

Seh ich flüchtige Schatten, befreit von der Schwere des Leibes?
Schlingen im Mondlicht dort Elfen den luftigen Reihn?
Wie, vom Zephir gewiegt, der leichte Rauch in die Luft fließt,
Wie sich leise der Kahn schaukelt auf silberner Flut,
Hüpft der gelehrige Fuß auf des Takts melodischer Woge,
Säuselndes Saitengetön hebt den ätherischen Leib.
Jetzt, als wollt es mit Macht durchreißen die Kette des Tanzes,
Schwingt sich ein mutiges Paar dort in den dichtesten Reihn.
Schnell vor ihm her entsteht ihm die Bahn, die hinter ihm schwindet,
Wie durch magische Hand öffnet und schließt sich der Weg.
Sieh! jetzt schwand es dem Blick, in wildem Gewirr durcheinander
Stürzt der zierliche Bau dieser beweglichen Welt.
Nein, dort schwebt es frohlockend herauf, der Knoten entwirrt sich,
Nur mit verändertem Reiz stellet die Regel sich her.
Ewig zerstört, es erzeugt sich ewig die drehende Schöpfung,
Und ein stilles Gesetz lenkt der Verwandlungen Spiel.
Sprich, wie geschiehts, daß rastlos erneut die Bildungen schwanken

Und die Ruhe besteht in der bewegten Gestalt?
Jeder ein Herrscher, frei, nur dem eigenen Herzen gehorchet
Und im eilenden Lauf findet die einzige Bahn?
Willst du es wissen? Es ist des Wohllauts mächtige Gottheit,
Die zum geselligen Tanz ordnet den tobenden Sprung,
Die, der Nemesis gleich, an des Rhythmus goldenem Zügel
Lenkt die brausende Lust und die verwilderte zähmt;
Und dir rauschen umsonst die Harmonien des Weltalls,
Dich ergreift nicht der Strom dieses erhabnen Gesangs,
Nicht der begeisternde Takt, den alle Wesen dir schlagen,
Nicht der wirbelnde Tanz, der durch den ewigen Raum
Leuchtende Sonnen schwingt in kühn gewundenen Bahnen?
Das du im Spiele doch ehrst, fliehst du im Handeln, das Maß.

Der Genius

»Glaub ich«, sprichst du, »dem Wort, das der Weisheit Meister mich lehren,
Das der Lehrlinge Schar sicher und fertig beschwört;

Kann die Wissenschaft nur zum wahren Frieden mich
führen,
Nur des Systemes Gebälk stützen das Glück und das
Recht?
Muß ich dem Trieb mißtraun, der leise mich warnt,
dem Gesetze,
Das du selber, Natur, mir in den Busen geprägt,
Bis auf die ewige Schrift die *Schul* ihr Siegel gedrücket
Und der Formel Gefäß bindet den flüchtigen Geist?
Sage du mirs, du bist in diese Tiefen gestiegen,
Aus dem modrigten Grab kamst du erhalten zurück,
Dir ist bekannt, was die Gruft der dunklen Wörter
bewahret,
Ob der Lebenden Trost dort bei den Mumien wohnt.
Muß ich ihn wandeln, den nächtlichen Weg? Mir graut,
ich bekenn es!
Wandeln will ich ihn doch, führt er zu Wahrheit und
Recht.« –
Freund, du kennst doch die Goldene Zeit, es haben die
Dichter
Manche Sage von ihr rührend und kindlich erzählt!
Jene Zeit, da das Heilige noch im Leben gewandelt,
Da jungfräulich und keusch noch das Gefühl sich
bewahrt,
Da noch das große Gesetz, das oben im Sonnenlauf
waltet
Und verborgen im Ei reget den hüpfenden Punkt,
Noch der Notwendigkeit stilles Gesetz, das stetige,
gleiche,

Auch der menschlichen Brust freiere Wellen bewegt,
Da nicht irrend der Sinn und treu, wie der Zeiger am Uhrwerk,
Auf das Wahrhaftige nur, nur auf das Ewige wies? –
Da war kein Profaner, kein Eingeweihter zu sehen,
Was man lebendig empfand, ward nicht bei Toten gesucht,
Gleich verständlich für jegliches Herz war die ewige Regel,
Gleich verborgen der Quell, dem sie belebend entfloß.
Aber die glückliche Zeit ist dahin! Vermessene Willkür
Hat der getreuen Natur göttlichen Frieden gestört.
Das entweihte Gefühl ist nicht mehr Stimme der Götter,
Und das Orakel verstummt in der entadelten Brust.
Nur in dem stilleren Selbst vernimmt es der horchende Geist noch,
Und den heiligen Sinn hütet das mystische Wort.
Hier beschwört es der Forscher, der reines Herzens hinabsteigt,
Und die verlorne Natur gibt ihm die Weisheit zurück.
Hast du, Glücklicher, nie den schützenden Engel verloren,
Nie des frommen Instinkts liebende Warnung verwirkt,
Malt in dem keuschen Auge noch treu und rein sich die Wahrheit,
Tönt ihr Rufen dir noch hell in der kindlichen Brust,

Schweigt noch in dem zufriednen Gemüt des Zweifels Empörung,
Wird sie, weißt dus gewiß, schweigen auf ewig wie heut,
Wird der Empfindungen Streit nie eines Richters bedürfen,
Nie den hellen Verstand trüben das tückische Herz –
O dann gehe du hin in deiner köstlichen Unschuld,
Dich kann die Wissenschaft nichts lehren. Sie lerne von dir!
Jenes Gesetz, das mit ehrnem Stab den Sträubenden lenket,
Dir nicht gilts. Was du tust, was dir gefällt, ist Gesetz,
Und an alle Geschlechter ergeht ein göttliches Machtwort,
Was du mit heiliger Hand bildest, mit heiligem Mund
Redest, wird den erstaunten Sinn allmächtig bewegen,
Du nur merkst nicht den Gott, der dir im Busen gebeut,
Nicht des Siegels Gewalt, das alle Geister dir beuget,
Einfach gehst du und still durch die eroberte Welt.

Das Glück

Selig, welchen die Götter, die gnädigen, vor der Geburt schon
Liebten, welchen als Kind Venus im Arme gewiegt,
Welchem Phöbus die Augen, die Lippen Hermes gelöset,

Und das Siegel der Macht Zeus auf die Stirne gedrückt!
Ein erhabenes Los, ein göttliches, ist ihm gefallen,
Schon vor des Kampfes Beginn sind ihm die Schläfe bekränzt.
Ihm ist, eh er es lebte, das volle Leben gerechnet,
Eh er die Mühe bestand, hat er die Charis erlangt.
Groß zwar nenn ich den Mann, der, sein eigner Bildner und Schöpfer,
Durch der Tugend Gewalt selber die Parze bezwingt,
Aber nicht erzwingt er das Glück, und was ihm die Charis
Neidisch geweigert, erringt nimmer der strebende Mut.
Vor Unwürdigem kann dich der Wille, der ernste, bewahren,
Alles Höchste, es kommt frei von den Göttern herab.
Wie die Geliebte dich liebt, so kommen die himmlischen Gaben,
Oben in Jupiters Reich herrscht wie in Amors die Gunst.
Neigungen haben die Götter, sie lieben der grünenden Jugend
Lockigte Scheitel, es zieht Freude die Fröhlichen an.
Nicht der Sehende wird von ihrer Erscheinung beseligt,
Ihrer Herrlichkeit Glanz hat nur der Blinde geschaut;
Gern erwählen sie sich der Einfalt kindliche Seele,
In das bescheidne Gefäß schließen sie Göttliches ein.

Ungehofft sind sie da und täuschen die stolze Erwartung,
Keines Bannes Gewalt zwinget die Freien herab.
Wem er geneigt, dem sendet der Vater der Menschen und Götter
Seinen Adler herab, trägt ihn zu himmlischen Höhn,
Unter die Menge greift er mit Eigenwillen, und welches
Haupt ihm gefället, um das flicht er mit liebender Hand
Jetzt den Lorbeer und jetzt die herrschaftgebende Binde;
Krönte doch selber den Gott nur das gewogene Glück.
Vor dem Glücklichen her tritt Phöbus, der pythische Sieger,
Und der die Herzen bezwingt, Amor, der lächelnde Gott.
Vor ihm ebnet Poseidon das Meer, sanft gleitet des Schiffes
Kiel, das den Cäsar führt und sein allmächtiges Glück,
Ihm zu Füßen legt sich der Leu, das brausende Delphin
Steigt aus den Tiefen, und fromm beut es den Rücken ihm an.
Zürne dem Glücklichen nicht, daß den leichten Sieg ihm die Götter
Schenken, daß aus der Schlacht Venus den Liebling entrückt.
Ihn, den die lächelnde rettet, den Göttergeliebten beneid ich,
Jenen nicht, dem sie mit Nacht deckt den verdunkelten Blick.

War er weniger herrlich, Achilles, weil ihm Hephästos
Selbst geschmiedet den Schild und das verderbliche Schwert,
Weil um den sterblichen Mann der große Olymp sich beweget?
Das verherrlichet ihn, daß ihn die Götter geliebt,
Daß sie sein Zürnen geehrt und, Ruhm dem Liebling zu geben,
Hellas' bestes Geschlecht stürzten zum Orkus hinab.
Zürne der Schönheit nicht, daß sie schön ist, daß sie verdienstlos
Wie der Lilie Kelch prangt durch der Venus Geschenk,
Laß sie die Glückliche sein, du schaust sie, du bist der Beglückte,
Wie sie ohne Verdienst glänzt, so entzücket sie dich.
Freue dich, daß die Gabe des Lieds vom Himmel herabkommt,
Daß der Sänger dir singt, was ihn die Muse gelehrt,
Weil der Gott ihn beseelt, so wird er dem Hörer zum Gotte,
Weil er der Glückliche ist, kannst du der Selige sein.
Auf dem geschäftigen Markt, da führe Themis die Wage,
Und es messe der Lohn streng an der Mühe sich ab,
Aber die Freude ruft nur ein Gott auf sterbliche Wangen,
Wo kein Wunder geschieht, ist kein Beglückter zu sehn.

Alles Menschliche muß erst werden und wachsen und
reifen,
Und von Gestalt zu Gestalt führt es die bildende Zeit,
Aber das Glückliche siehest du nicht, das Schöne nicht
werden,
Fertig von Ewigkeit her steht es vollendet vor dir.
Jede irdische Venus ersteht wie die erste des Himmels,
Eine dunkle Geburt aus dem unendlichen Meer,
Wie die erste Minerva, so tritt mit der Ägis gerüstet
Aus des Donnerers Haupt jeder Gedanke des Lichts.

Nänie

Auch das Schöne muß sterben! Das Menschen und
Götter bezwinget,
Nicht die eherne Brust rührt es des stygischen Zeus.
Einmal nur erweichte die Liebe den Schatten-
beherrscher,
Und an der Schwelle noch, streng, rief er zurück sein
Geschenk.
Nicht stillt Aphrodite dem schönen Knaben die
Wunde,
Die in den zierlichen Leib grausam der Eber geritzt.
Nicht errettet den göttlichen Held die unsterbliche
Mutter,
Wann er, am skäischen Tor fallend, sein Schicksal
erfüllt.

Aber sie steigt aus dem Meer mit allen Töchtern des Nereus,
  Und die Klage hebt an um den verherrlichten Sohn.
Siehe! Da weinen die Götter, es weinen die Göttinnen alle,
  Daß das Schöne vergeht, daß das Vollkommene stirbt.
Auch ein Klaglied zu sein im Mund der Geliebten, ist herrlich,
  Denn das Gemeine geht klanglos zum Orkus hinab.

Balladen · Romanzen

Der Ring des Polykrates

Er stand auf seines Daches Zinnen,
Er schaute mit vergnügten Sinnen
Auf das beherrschte Samos hin.
»Dies alles ist mir untertänig«,
Begann er zu Ägyptens König,
»Gestehe, daß ich glücklich bin.«

»Du hast der Götter Gunst erfahren!
Die vormals deinesgleichen waren,
Sie zwingt jetzt deines Szepters Macht.
Doch einer lebt noch, sie zu rächen,
Dich kann mein Mund nicht glücklich sprechen,
Solang des Feindes Auge wacht.«

Und eh der König noch geendet,
Da stellt sich, von Milet gesendet,
Ein Bote dem Tyrannen dar:
»Laß, Herr! des Opfers Düfte steigen
Und mit des Lorbeers muntern Zweigen
Bekränze dir dein festlich Haar.

Getroffen sank dein Feind vom Speere,
Mich sendet mit der frohen Märe
Dein treuer Feldherr Polydor –
Und nimmt aus einem schwarzen Becken,
Noch blutig, zu der beiden Schrecken,
Ein wohlbekanntes Haupt hervor.

Der König tritt zurück mit Grauen:
»Doch warn ich dich, dem Glück zu trauen«,
Versetzt er mit besorgtem Blick.
»Bedenk, auf ungetreuen Wellen,
Wie leicht kann sie der Sturm zerschellen,
Schwimmt deiner Flotte zweifelnd Glück.«

Und eh er noch das Wort gesprochen,
Hat ihn der Jubel unterbrochen,
Der von der Reede jauchzend schallt.
Mit fremden Schätzen reich beladen,
Kehrt zu den heimischen Gestaden
Der Schiffe mastenreicher Wald.

Der königliche Gast erstaunet:
»Dein Glück ist heute gut gelaunet,
Doch fürchte seinen Unbestand.
Der Kreter waffenkundge Scharen
Bedräuen dich mit Kriegsgefahren,
Schon nahe sind sie diesem Strand.«

Und eh ihm noch das Wort entfallen,
Da sieht mans von den Schiffen wallen,
Und tausend Stimmen rufen: »Sieg!
Von Feindesnot sind wir befreiet,
Die Kreter hat der Sturm zerstreuet,
Vorbei, geendet ist der Krieg.«

Das hört der Gastfreund mit Entsetzen:
»Fürwahr, ich muß dich glücklich schätzen,
Doch«, spricht er, »zittr ich für dein Heil.
Mir grauet vor der Götter Neide,
Des Lebens ungemischte Freude
Ward keinem Irdischen zuteil.

Auch mir ist alles wohlgeraten,
Bei allen meinen Herrschertaten
Begleitet mich des Himmels Huld,
Doch hatt ich einen teuren Erben,
Den nahm mir Gott, ich sah ihn sterben,
Dem Glück bezahlt' ich meine Schuld.

Drum, willst du dich vor Leid bewahren,
So flehe zu den Unsichtbaren,
Daß sie zum Glück den Schmerz verleihn.
Noch keinen sah ich fröhlich enden,
Auf den mit immer vollen Händen
Die Götter ihre Gaben streun.

Und wenns die Götter nicht gewähren,
So acht auf eines Freundes Lehren
Und rufe selbst das Unglück her,
Und was von allen deinen Schätzen
Dein Herz am höchsten mag ergötzen,
Das nimm und wirfs in dieses Meer.«

Und jener spricht, von Furcht beweget:
»Von allem, was die Insel heget,
Ist dieser Ring mein höchstes Gut.
Ihn will ich den Erinnen weihen,
Ob sie mein Glück mir dann verzeihen.«
Und wirft das Kleinod in die Flut.

Und bei des nächsten Morgens Lichte,
Da tritt mit fröhlichem Gesichte
Ein Fischer vor den Fürsten hin:
»Herr, diesen Fisch hab ich gefangen,
Wie keiner noch ins Netz gegangen,
Dir zum Geschenke bring ich ihn.«

Und als der Koch den Fisch zerteilet,
Kommt er bestürzt herbeigeeilet
Und ruft mit hocherstauntem Blick:
»Sieh, Herr, den Ring, den du getragen,
Ihn fand ich in des Fisches Magen,
O, ohne Grenzen ist dein Glück!«

Hier wendet sich der Gast mit Grausen:
»So kann ich hier nicht ferner hausen,
Mein Freund kannst du nicht weiter sein.
Die Götter wollen dein Verderben,
Fort eil ich, nicht mit dir zu sterben.«
Und sprachs und schiffte schnell sich ein.

Die Kraniche des Ibykus

Zum Kampf der Wagen und Gesänge,
Der auf Korinthus' Landesenge
Der Griechen Stämme froh vereint,
Zog Ibykus, der Götterfreund.
Ihm schenkte des Gesanges Gabe,
Der Lieder süßen Mund Apoll,
So wandert' er, an leichtem Stabe,
Aus Rhegium, des Gottes voll.

Schon winkt auf hohem Bergesrücken
Akrokorinth des Wandrers Blicken,
Und in Poseidons Fichtenhain
Tritt er mit frommem Schauder ein.
Nichts regt sich um ihn her, nur Schwärme
Von Kranichen begleiten ihn,
Die fernhin nach des Südens Wärme
In graulichtem Geschwader ziehn.

»Seid mir gegrüßt, befreundte Scharen!
Die mir zur See Begleiter waren,
Zum guten Zeichen nehm ich euch,
Mein Los, es ist dem euren gleich.
Von fernher kommen wir gezogen
Und flehen um ein wirtlich Dach.
Sei uns der Gastliche gewogen,
Der von dem Fremdling wehrt die Schmach!«

Und munter fördert er die Schritte
Und sieht sich in des Waldes Mitte,
Da sperren, auf gedrangem Steg,
Zwei Mörder plötzlich seinen Weg.
Zum Kampfe muß er sich bereiten,
Doch bald ermattet sinkt die Hand,
Sie hat der Leier zarte Saiten,
Doch nie des Bogens Kraft gespannt.

Er ruft die Menschen an, die Götter,
Sein Flehen dringt zu keinem Retter,
Wie weit er auch die Stimme schickt,
Nichts Lebendes wird hier erblickt.
»So muß ich hier verlassen sterben,
Auf fremdem Boden, unbeweint,
Durch böser Buben Hand verderben,
Wo auch kein Rächer mir erscheint!«

Und schwer getroffen sinkt er nieder,
Da rauscht der Kraniche Gefieder,
Er hört, schon kann er nicht mehr sehn,
Die nahen Stimmen furchtbar krähn.
»Von euch, ihr Kraniche dort oben!
Wenn keine andre Stimme spricht,
Sei meines Mordes Klag erhoben!«
Er ruft es, und sein Auge bricht.

Der nackte Leichnam wird gefunden,
Und bald, obgleich entstellt von Wunden,
Erkennt der Gastfreund in Korinth
Die Züge, die ihm teuer sind.
»Und muß ich so dich wiederfinden,
Und hoffte mit der Fichte Kranz
Des Sängers Schläfe zu umwinden,
Bestrahlt von seines Ruhmes Glanz!«

Und jammernd hörens alle Gäste,
Versammelt bei Poseidons Feste,
Ganz Griechenland ergreift der Schmerz,
Verloren hat ihn jedes Herz.
Und stürmend drängt sich zum Prytanen
Das Volk, es fodert seine Wut,
Zu rächen des Erschlagnen Manen,
Zu sühnen mit des Mörders Blut.

Doch wo die Spur, die aus der Menge,
Der Völker flutendem Gedränge,
Gelocket von der Spiele Pracht,
Den schwarzen Täter kenntlich macht?
Sinds Räuber, die ihn feig erschlagen?
Tats neidisch ein verborgner Feind?
Nur Helios vermags zu sagen,
Der alles Irdische bescheint.

Er geht vielleicht mit frechem Schritte
Jetzt eben durch der Griechen Mitte,
Und während ihn die Rache sucht,
Genießt er seines Frevels Frucht.
Auf ihres eignen Tempels Schwelle
Trotzt er vielleicht den Göttern, mengt
Sich dreist in jene Menschenwelle,
Die dort sich zum Theater drängt.

Denn Bank an Bank gedränget sitzen,
Es brechen fast der Bühne Stützen,
Herbeigeströmt von fern und nah,
Der Griechen Völker wartend da,
Dumpfbrausend wie des Meeres Wogen;
Von Menschen wimmelnd, wächst der Bau
In weiter stets geschweiftem Bogen
Hinauf bis in des Himmels Blau.

Wer zählt die Völker, nennt die Namen,
Die gastlich hier zusammenkamen?
Von Theseus' Stadt, von Aulis Strand,
Von Phokis, vom Spartanerland,
Von Asiens entlegner Küste,
Von allen Inseln kamen sie
Und horchen von dem Schaugerüste
Des *Chores* grauser Melodie,

Der streng und ernst, nach alter Sitte,
Mit langsam abgemeßnem Schritte,
Hervortritt aus dem Hintergrund,
Umwandelnd des Theaters Rund.
So schreiten keine irdschen Weiber,
Die zeugete kein sterblich Haus!
Es steigt das Riesenmaß der Leiber
Hoch über menschliches hinaus.

Ein schwarzer Mantel schlägt die Lenden,
Sie schwingen in entfleischten Händen
Der Fackel düsterrote Glut,
In ihren Wangen fließt kein Blut.
Und wo die Haare lieblich flattern,
Um Menschenstirnen freundlich wehn,
Da sieht man Schlangen hier und Nattern
Die giftgeschwollnen Bäuche blähn.

Und schauerlich gedreht im Kreise
Beginnen sie des Hymnus Weise,
Der durch das Herz zerreißend dringt,
Die Bande um den Sünder schlingt.
Besinnungraubend, herzbetörend
Schallt der Erinnyen Gesang,
Er schallt, des Hörers Mark verzehrend,
Und duldet nicht der Leier Klang:

»Wohl dem, der frei von Schuld und Fehle
Bewahrt die kindlich reine Seele!
Ihm dürfen wir nicht rächend nahn,
Er wandelt frei des Lebens Bahn.
Doch wehe, wehe, wer verstohlen
Des Mordes schwere Tat vollbracht,
Wir heften uns an seine Sohlen,
Das furchtbare Geschlecht der Nacht!

Und glaubt er fliehend zu entspringen,
Geflügelt sind wir da, die Schlingen
Ihm werfend um den flüchtgen Fuß,
Daß er zu Boden fallen muß.
So jagen wir ihn, ohn Ermatten,
Versöhnen kann uns keine Reu,
Ihn fort und fort bis zu den Schatten,
Und geben ihn auch dort nicht frei.«

So singend, tanzen sie den Reigen,
Und Stille wie des Todes Schweigen
Liegt überm ganzen Hause schwer,
Als ob die Gottheit nahe wär.
Und feierlich, nach alter Sitte
Umwandelnd des Theaters Rund
Mit langsam abgemeßnem Schritte,
Verschwinden sie im Hintergrund.

Und zwischen Trug und Wahrheit schwebet
Noch zweifelnd jede Brust und bebet
Und huldiget der furchtbarn Macht,
Die richtend im Verborgnen wacht,
Die unerforschlich, unergründet
Des Schicksals dunkeln Knäuel flicht,
Dem tiefen Herzen sich verkündet,
Doch fliehet vor dem Sonnenlicht.

Da hört man auf den höchsten Stufen
Auf einmal eine Stimme rufen:
»Sieh da! Sieh da, Timotheus,
Die Kraniche des Ibykus!« –
Und finster plötzlich wird der Himmel,
Und über dem Theater hin
Sieht man in schwärzlichtem Gewimmel
Ein Kranichheer vorüberziehn.

»Des Ibykus!« – Der teure Name
Rührt jede Brust mit neuem Grame,
Und, wie im Meere Well auf Well,
So läufts von Mund zu Munde schnell:
»Des Ibykus, den wir beweinen,
Den eine Mörderhand erschlug!
Was ists mit dem? Was kann er meinen?
Was ists mit diesem Kranichzug?« –

Und lauter immer wird die Frage,
Und ahnend fliegts mit Blitzesschlage
Durch alle Herzen. »Gebet acht!
Das ist der Eumeniden Macht!
Der fromme Dichter wird gerochen,
Der Mörder bietet selbst sich dar!
Ergreift ihn, der das Wort gesprochen,
Und ihn, an dens gerichtet war.«

Doch dem war kaum das Wort entfahren,
Möcht ers im Busen gern bewahren;
Umsonst, der schreckenbleiche Mund
Macht schnell die Schuldbewußten kund.
Man reißt und schleppt sie vor den Richter,
Die Szene wird zum Tribunal,
Und es gestehn die Bösewichter,
Getroffen von der Rache Strahl.

Die Bürgschaft

Zu Dionys, dem Tyrannen, schlich
Damon, den Dolch im Gewande;
Ihn schlugen die Häscher in Bande.
»Was wolltest du mit dem Dolche, sprich!«
Entgegnet ihm finster der Wüterich.
»Die Stadt vom Tyrannen befreien!«
»Das sollst du am Kreuze bereuen.«

»Ich bin«, spricht jener, »zu sterben bereit
Und bitte nicht um mein Leben,
Doch willst du Gnade mir geben,
Ich flehe dich um drei Tage Zeit,
Bis ich die Schwester dem Gatten gefreit,
Ich lasse den Freund dir als Bürgen,
Ihn magst du, entrinn ich, erwürgen.«

Da lächelt der König mit arger List
Und spricht nach kurzem Bedenken:
»Drei Tage will ich dir schenken.
Doch wisse! Wenn sie verstrichen, die Frist,
Eh du zurück mir gegeben bist,
So muß er statt deiner erblassen,
Doch dir ist die Strafe erlassen.«

Und er kommt zum Freunde: »Der König gebeut,
Daß ich am Kreuz mit dem Leben
Bezahle das frevelnde Streben,

Doch will er mir gönnen drei Tage Zeit,
Bis ich die Schwester dem Gatten gefreit,
So bleib du dem König zum Pfande,
Bis ich komme, zu lösen die Bande.«

Und schweigend umarmt ihn der treue Freund
Und liefert sich aus dem Tyrannen,
Der andere ziehet von dannen.
Und ehe das dritte Morgenrot scheint,
Hat er schnell mit dem Gatten die Schwester vereint,
Eilt heim mit sorgender Seele,
Damit er die Frist nicht verfehle.

Da gießt unendlicher Regen herab,
Von den Bergen stürzen die Quellen,
Und die Bäche, die Ströme schwellen.
Und er kommt ans Ufer mit wanderndem Stab,
Da reißet die Brücke der Strudel hinab,
Und donnernd sprengen die Wogen
Des Gewölbes krachenden Bogen.

Und trostlos irrt er an Ufers Rand,
Wie weit er auch spähet und blicket
Und die Stimme, die rufende, schicket,
Da stößet kein Nachen vom sichern Strand,
Der ihn setze an das gewünschte Land,
Kein Schiffer lenket die Fähre,
Und der wilde Strom wird zum Meere.

Da sinkt er ans Ufer und weint und fleht,
Die Hände zum Zeus erhoben:
»O hemme des Stromes Toben!
Es eilen die Stunden, im Mittag steht
Die Sonne, und wenn sie niedergeht
Und ich kann die Stadt nicht erreichen,
So muß der Freund mir erbleichen.«

Doch wachsend erneut sich des Stromes Wut,
Und Welle auf Welle zerrinnet,
Und Stunde an Stunde entrinnet.
Da treibt ihn die Angst, da faßt er sich Mut
Und wirft sich hinein in die brausende Flut
Und teilt mit gewaltigen Armen
Den Strom, und ein Gott hat Erbarmen.

Und gewinnt das Ufer und eilet fort
Und danket dem rettenden Gotte,
Da stürzet die raubende Rotte
Hervor aus des Waldes nächtlichem Ort,
Den Pfad ihm sperrend, und schnaubet Mord
Und hemmet des Wanderers Eile
Mit drohend geschwungener Keule.

»Was wollt ihr?« ruft er, für Schrecken bleich,
»Ich habe nichts als mein Leben,
Das muß ich dem Könige geben!«

Und entreißt die Keule dem nächsten gleich:
»Um des Freundes willen erbarmet euch!«
Und drei mit gewaltigen Streichen
Erlegt er, die andern entweichen.

Und die Sonne versendet glühenden Brand,
Und von der unendlichen Mühe
Ermattet sinken die Kniee:
»O hast du mich gnädig aus Räubershand,
Aus dem Strom mich gerettet ans heilige Land,
Und soll hier verschmachtend verderben,
Und der Freund mir, der liebende, sterben!«

Und horch! da sprudelt es silberhell,
Ganz nahe, wie rieselndes Rauschen,
Und stille hält er, zu lauschen,
Und sieh, aus dem Felsen, geschwätzig, schnell,
Springt murmelnd hervor ein lebendiger Quell,
Und freudig bückt er sich nieder
Und erfrischet die brennenden Glieder.

Und die Sonne blickt durch der Zweige Grün
Und malt auf den glänzenden Matten
Der Bäume gigantische Schatten;
Und zwei Wanderer sieht er die Straße ziehn,
Will eilenden Laufes vorüberfliehn,
Da hört er die Worte sie sagen:
»Jetzt wird er ans Kreuz geschlagen.«

Und die Angst beflügelt den eilenden Fuß,
Ihn jagen der Sorge Qualen,
Da schimmern in Abendrots Strahlen
Von ferne die Zinnen von Syrakus,
Und entgegen kommt ihm Philostratus,
Des Hauses redlicher Hüter,
Der erkennet entsetzt den Gebieter:

»Zurück! du rettest den Freund nicht mehr,
So rette das eigene Leben!
Den Tod erleidet er eben.
Von Stunde zu Stunde gewartet' er
Mit hoffender Seele der Wiederkehr,
Ihm konnte den mutigen Glauben
Der Hohn des Tyrannen nicht rauben.«

»Und ist es zu spät, und kann ich ihm nicht
Ein Retter willkommen erscheinen,
So soll mich der Tod ihm vereinen.
Des rühme der blutge Tyrann sich nicht,
Daß der Freund dem Freunde gebrochen die Pflicht,
Er schlachte der Opfer zweie
Und glaube an Liebe und Treue.«

Und die Sonne geht unter, da steht er am Tor
Und sieht das Kreuz schon erhöhet,
Das die Menge gaffend umstehet,
An dem Seile schon zieht man den Freund empor,

Da zertrennt er gewaltig den dichten Chor:
»Mich, Henker!«, ruft er, »erwürget!
Da bin ich, für den er gebürget!«

Und Erstaunen ergreifet das Volk umher,
In den Armen liegen sich beide
Und weinen für Schmerzen und Freude.
Da sieht man kein Auge tränenleer,
Und zum Könige bringt man die Wundermär,
Der fühlt ein menschliches Rühren,
Läßt schnell vor den Thron sie führen.

Und blicket sie lange verwundert an.
Drauf spricht er: »Es ist euch gelungen,
Ihr habt das Herz mir bezwungen,
Und die Treue, sie ist doch kein leerer Wahn,
So nehmet auch mich zum Genossen an,
Ich sei, gewährt mir die Bitte,
In eurem Bunde der Dritte.«

Der Taucher

»Wer wagt es, Rittersmann oder Knapp,
Zu tauchen in diesen Schlund?
Einen goldnen Becher werf ich hinab,
Verschlungen schon hat ihn der schwarze Mund.
Wer mir den Becher kann wieder zeigen,
Er mag ihn behalten, er ist sein eigen.«

Der König spricht es und wirft von der Höh
Der Klippe, die schroff und steil
Hinaushängt in die unendliche See,
Den Becher in der Charybde Geheul.
»Wer ist der Beherzte, ich frage wieder,
Zu tauchen in diese Tiefe nieder?«

Und die Ritter, die Knappen um ihn her
Vernehmens und schweigen still,
Sehen hinab in das wilde Meer,
Und keiner den Becher gewinnen will.
Und der König zum drittenmal wieder fraget:
»Ist keiner, der sich hinunterwaget?«

Doch alles noch stumm bleibt wie zuvor,
Und ein Edelknecht, sanft und keck,
Tritt aus der Knappen zagendem Chor,
Und den Gürtel wirft er, den Mantel weg,
Und alle die Männer umher und Frauen
Auf den herrlichen Jüngling verwundert schauen.

Und wie er tritt an des Felsen Hang
Und blickt in den Schlund hinab,
Die Wasser, die sie hinunterschlang,
Die Charybde jetzt brüllend wiedergab,
Und wie mit des fernen Donners Getose
Entstürzen sie schäumend dem finstern Schoße.

Und es wallet und siedet und brauset und zischt,
Wie wenn Wasser mit Feuer sich mengt,
Bis zum Himmel spritzet der dampfende Gischt,
Und Flut auf Flut sich ohn Ende drängt,
Und will sich nimmer erschöpfen und leeren,
Als wollte das Meer noch ein Meer gebären.

Doch endlich, da legt sich die wilde Gewalt,
Und schwarz aus dem weißen Schaum
Klafft hinunter ein gähnender Spalt,
Grundlos, als gings in den Höllenraum,
Und reißend sieht man die brandenden Wogen
Hinab in den strudelnden Trichter gezogen.

Jetzt schnell, eh die Brandung wiederkehrt,
Der Jüngling sich Gott befiehlt,
Und – ein Schrei des Entsetzens wird rings gehört,
Und schon hat ihn der Wirbel hinweggespült;
Und geheimnisvoll über dem kühnen Schwimmer
Schließt sich der Rachen, er zeigt sich nimmer.

Und stille wirds über dem Wasserschlund,
In der Tiefe nur brauset es hohl,
Und bebend hört man von Mund zu Mund:
»Hochherziger Jüngling, fahre wohl!«
Und hohler und hohler hört mans heulen,
Und es harrt noch mit bangem, mit schrecklichem
Weilen.

Und wärfst du die Krone selber hinein
Und sprächst: Wer mir bringet die Kron,
Er soll sie tragen und König sein,
Mich gelüstete nicht nach dem teuren Lohn.
Was die heulende Tiefe da unten verhehle,
Das erzählt keine lebende glückliche Seele.

Wohl manches Fahrzeug, vom Strudel gefaßt,
Schoß gäh in die Tiefe hinab,
Doch zerschmettert nur rangen sich Kiel und Mast
Hervor aus dem alles verschlingenden Grab –
Und heller und heller wie Sturmes Sausen
Hört mans näher und immer näher brausen.

Und es wallet und siedet und brauset und zischt,
Wie wenn Wasser mit Feuer sich mengt,
Bis zum Himmel spritzet der dampfende Gischt,
Und Well auf Well sich ohn Ende drängt,
Und wie mit des fernen Donners Getose
Entstürzt es brüllend dem finstern Schoße.

Und sieh! aus dem finster flutenden Schoß
Da hebet sichs schwanenweiß,
Und ein Arm und ein glänzender Nacken wird bloß,
Und es rudert mit Kraft und mit emsigem Fleiß,
Und er ists, und hoch in seiner Linken
Schwingt er den Becher mit freudigem Winken.

Und atmete lang und atmete tief
Und begrüßte das himmlische Licht.
Mit Frohlocken es einer dem andern rief:
»Er lebt! Er ist da! Es behielt ihn nicht.
Aus dem Grab, aus der strudelnden Wasserhöhle
Hat der Brave gerettet die lebende Seele.«

Und er kommt, es umringt ihn die jubelnde Schar,
Zu des Königs Füßen er sinkt,
Den Becher reicht er ihm kniend dar,
Und der König der lieblichen Tochter winkt,
Die füllt ihn mit funkelndem Wein bis zum Rande,
Und der Jüngling sich also zum König wandte:

»Lang lebe der König! Es freue sich,
Wer da atmet im rosigten Licht!
Da unten aber ists fürchterlich,
Und der Mensch versuche die Götter nicht
Und begehre nimmer und nimmer zu schauen,
Was sie gnädig bedecken mit Nacht und Grauen.

Es riß mich hinunter blitzesschnell,
Da stürzt' mir aus felsigtem Schacht
Wildflutend entgegen ein reißender Quell,
Mich packte des Doppelstroms wütende Macht,
Und wie einen Kreisel mit schwindelndem Drehen
Trieb michs um, ich konnte nicht widerstehen.

Da zeigte mir Gott, zu dem ich rief
In der höchsten schrecklichen Not,
Aus der Tiefe ragend ein Felsenriff,
Das erfaßt' ich behend und entrann dem Tod,
Und da hing auch der Becher an spitzen Korallen,
Sonst wär er ins Bodenlose gefallen.

Denn unter mir lags noch, bergetief,
In purpurner Finsternis da,
Und obs hier dem Ohre gleich ewig schlief,
Das Auge mit Schaudern hinuntersah,
Wies von Salamandern und Molchen und Drachen
Sich regt' in dem furchtbaren Höllenrachen.

Schwarz wimmelten da, in grausem Gemisch,
Zu scheußlichen Klumpen geballt,
Der stachligte Roche, der Klippenfisch,
Des Hammers greuliche Ungestalt,
Und dräuend wies mir die grimmigen Zähne
Der entsetzliche Hai, des Meeres Hyäne.

Und da hing ich und wars mir mit Grausen bewußt,
Von der menschlichen Hülfe so weit,
Unter Larven die einzige fühlende Brust,
Allein in der gräßlichen Einsamkeit,
Tief unter dem Schall der menschlichen Rede
Bei den Ungeheuern der traurigen Öde.

Und schaudernd dacht ichs, da krochs heran,
Regte hundert Gelenke zugleich,
Will schnappen nach mir; in des Schreckens Wahn
Laß ich los der Koralle umklammerten Zweig,
Gleich faßt mich der Strudel mit rasendem Toben,
Doch es war mir zum Heil, er riß mich nach oben.«

Der König darob sich verwundert schier
Und spricht: »Der Becher ist dein,
Und diesen Ring noch bestimm ich dir,
Geschmückt mit dem köstlichsten Edelgestein,
Versuchst dus noch einmal und bringst mir Kunde,
Was du sahst auf des Meeres tiefunterstem Grunde?«

Das hörte die Tochter mit weichem Gefühl,
Und mit schmeichelndem Munde sie fleht:
»Laßt, Vater, genug sein das grausame Spiel,
Er hat Euch bestanden, was keiner besteht,
Und könnt Ihr des Herzens Gelüsten nicht zähmen,
So mögen die Ritter den Knappen beschämen.«

Drauf der König greift nach dem Becher schnell,
In den Strudel ihn schleudert hinein:
»Und schaffst du den Becher mir wieder zur Stell,
So sollst du der trefflichste Ritter mir sein
Und sollst sie als Ehgemahl heut noch umarmen,
Die jetzt für dich bittet mit zartem Erbarmen.«

Da ergreifts ihm die Seele mit Himmelsgewalt,
Und es blitzt aus den Augen ihm kühn,
Und er siehet erröten die schöne Gestalt
Und sieht sie erbleichen und sinken hin,
Da treibts ihn, den köstlichen Preis zu erwerben,
Und stürzt hinunter auf Leben und Sterben.

Wohl hört man die Brandung, wohl kehrt sie zurück,
Sie verkündigt der donnernde Schall,
Da bückt sichs hinunter mit liebendem Blick,
Es kommen, es kommen die Wasser all,
Sie rauschen herauf, sie rauschen nieder,
Den Jüngling bringt keines wieder.

Der Handschuh

Vor seinem Löwengarten,
Das Kampfspiel zu erwarten,
Saß König Franz,
Und um ihn die Großen der Krone,
Und rings auf hohem Balkone
Die Damen in schönem Kranz.

Und wie er winkt mit dem Finger,
Auf tut sich der weite Zwinger,
Und hinein mit bedächtigem Schritt
Ein Löwe tritt,
Und sieht sich stumm

Rings um,
Mit langem Gähnen,
Und schüttelt die Mähnen,
Und streckt die Glieder,
Und legt sich nieder.

Und der König winkt wieder,
Da öffnet sich behend
Ein zweites Tor,
Daraus rennt
Mit wildem Sprunge
Ein Tiger hervor,
Wie der den Löwen erschaut,
Brüllt er laut,
Schlägt mit dem Schweif
Einen furchtbaren Reif,
Und recket die Zunge,
Und im Kreise scheu
Umgeht er den Leu
Grimmig schnurrend,
Drauf streckt er sich murrend
Zur Seite nieder.

Und der König winkt wieder,
Da speit das doppelt geöffnete Haus
Zwei Leoparden auf einmal aus,
Die stürzen mit mutiger Kampfbegier
Auf das Tigertier,

Das packt sie mit seinen grimmigen Tatzen,
Und der Leu mit Gebrüll
Richtet sich auf, da wirds still,
Und herum im Kreis,
Von Mordsucht heiß,
Lagern die greulichen Katzen.

Da fällt von des Altans Rand
Ein Handschuh von schöner Hand
Zwischen den Tiger und den Leun
Mitten hinein.

Und zu Ritter Delorges spottenderweis
Wendet sich Fräulein Kunigund:
»Herr Ritter, ist Eure Lieb so heiß,
Wie Ihr mirs schwört zu jeder Stund,
Ei, so hebt mir den Handschuh auf.«

Und der Ritter in schnellem Lauf
Steigt hinab in den furchtbarn Zwinger
Mit festem Schritte,
Und aus der Ungeheuer Mitte
Nimmt er den Handschuh mit keckem Finger.

Und mit Erstaunen und mit Grauen
Sehens die Ritter und Edelfrauen,
Und gelassen bringt er den Handschuh zurück,
Da schallt ihm sein Lob aus jedem Munde,
Aber mit zärtlichem Liebesblick –

Er verheißt ihm sein nahes Glück –
Empfängt ihn Fräulein Kunigunde.
Und er wirft ihr den Handschuh ins Gesicht:
»Den Dank, Dame, begehr ich nicht«,
Und verläßt sie zur selben Stunde.

Lieder

Dithyrambe

Nimmer, das glaubt mir,
Erscheinen die Götter,
Nimmer allein.
Kaum daß ich Bacchus, den lustigen, habe,
Kommt auch schon Amor, der lächelnde Knabe,
Phöbus der Herrliche findet sich ein.
        Sie nahen, sie kommen
        Die Himmlischen alle,
        Mit Göttern erfüllt sich
        Die irdische Halle.

Sagt, wie bewirt ich,
Der Erdegeborne,
Himmlischen Chor?
Schenket mir euer unsterbliches Leben,
Götter! Was kann euch der Sterbliche geben?
Hebet zu eurem Olymp mich empor.
        Die Freude, sie wohnt nur
        In Jupiters Saale,
        O füllet mit Nektar,
        O reicht mir die Schale!

Reich ihm die Schale!
Schenke dem Dichter,
Hebe, nur ein.
Netz ihm die Augen mit himmlischem Taue,
Daß er den Styx, den verhaßten, nicht schaue,
Einer der Unsern sich dünke zu sein.
    Sie rauschet, sie perlet,
    Die himmlische Quelle,
    Der Busen wird ruhig,
    Das Auge wird helle.

Der Abend

Nach einem Gemälde

Senke, strahlender Gott, die Fluren dürsten
Nach erquickendem Tau, der Mensch verschmachtet,
  Matter ziehen die Rosse,
    Senke den Wagen hinab.

Siehe, wer aus des Meers kristallner Woge
Lieblich lächelnd dir winkt! Erkennt dein Herz sie?
  Rascher fliegen die Rosse,
    Tethys, die göttliche, winkt.

Schnell vom Wagen herab in ihre Arme
Springt der Führer, den Zaum ergreift Kupido,
  Stille halten die Rosse,
    Trinken die kühlende Flut.

An dem Himmel herauf mit leisen Schritten
Kommt die duftende Nacht; ihr folgt die süße
  Liebe. Ruhet und liebet,
    Phöbus, der liebende, ruht.

An Emma

Weit in nebelgrauer Ferne
  Liegt mir das vergangne Glück,
Nur an *einem* schönen Sterne
  Weilt mit Liebe noch der Blick,
Aber wie des Sternes Pracht
Ist es nur ein Schein der Nacht.

Deckte dir der lange Schlummer,
  Dir der Tod die Augen zu,
Dich besäße doch mein Kummer,
  Meinem Herzen lebtest du.
Aber ach! du lebst im Licht,
Meiner Liebe lebst du nicht.

Kann der Liebe süß Verlangen,
  Emma, kanns vergänglich sein?
Was dahin ist und vergangen,
  Emma, kanns die Liebe sein?
Ihrer Flamme Himmelsglut,
Stirbt sie wie ein irdisch Gut?

Der Jüngling am Bache

An der Quelle saß der Knabe,
   Blumen wand er sich zum Kranz,
Und er sah sie fortgerissen
   Treiben in der Wellen Tanz.
»Und so fliehen meine Tage
   Wie die Quelle rastlos hin!
Und so bleichet meine Jugend,
   Wie die Kränze schnell verblühn!

Fraget nicht, warum ich traure
   In des Lebens Blütenzeit!
Alles freuet sich und hoffet,
   Wenn der Frühling sich erneut.
Aber diese tausend Stimmen
   Der erwachenden Natur
Wecken in dem tiefen Busen
   Mir den schweren Kummer nur.

Was soll mir die Freude frommen,
   Die der schöne Lenz mir beut?
Eine nur ists, die ich suche,
   Sie ist nah und ewig weit.
Sehnend breit ich meine Arme
   Nach dem teuren Schattenbild,
Ach, ich kann es nicht erreichen,
   Und das Herz bleibt ungestillt!

Komm herab, du schöne Holde,
    Und verlaß dein stolzes Schloß!
Blumen, die der Lenz geboren,
    Streu ich dir in deinen Schoß.
Horch, der Hain erschallt von Liedern,
    Und die Quelle rieselt klar!
Raum ist in der kleinsten Hütte
    Für ein glücklich liebend Paar.«

Des Mädchens Klage

Der Eichwald brauset,
Die Wolken ziehn,
Das Mägdlein sitzet
An Ufers Grün,
Es bricht sich die Welle mit Macht, mit Macht,
Und sie seufzt hinaus in die finstre Nacht,
Das Auge von Weinen getrübet.

»Das Herz ist gestorben,
Die Welt ist leer,
Und weiter gibt sie
Dem Wunsche nichts mehr.
Du Heilige, rufe dein Kind zurück,
Ich habe genossen das irdische Glück,
Ich habe gelebt und geliebet!«

Es rinnet der Tränen
Vergeblicher Lauf,
Die Klage, sie wecket
Die Toten nicht auf,
Doch nenne, was tröstet und heilet die Brust
Nach der süßen Liebe verschwundener Lust,
Ich, die himmlische, wills nicht versagen.

»Laß rinnen der Tränen
Vergeblichen Lauf,
Es wecke die Klage
Den Toten nicht auf,
Das süßeste Glück für die traurende Brust,
Nach der schönen Liebe verschwundener Lust,
Sind der Liebe Schmerzen und Klagen.«

Amalia

Schön wie Engel voll Walhallas Wonne,
   Schön vor allen Jünglingen war er,
Himmlisch mild sein Blick wie Maiensonne,
   Rückgestrahlt vom blauen Spiegelmeer.

Seine Küsse – paradiesisch Fühlen!
   Wie zwo Flammen sich ergreifen, wie
Harfentöne ineinanderspielen
   Zu der himmelvollen Harmonie –

Stürzten, flogen, schmolzen Geist und Geist zusammen,
    Lippen, Wangen brannten, zitterten,
Seele rann in Seele – Erd und Himmel schwammen
    Wie zerronnen um die Liebenden!

Er ist hin – vergebens, ach vergebens
    Stöhnet ihm der bange Seufzer nach!
Er ist hin, und alle Lust des Lebens
    Wimmert hin in ein verlornes Ach!

Sehnsucht

Ach, aus dieses Tales Gründen,
    Die der kalte Nebel drückt,
Könnt ich doch den Ausgang finden,
    Ach wie fühlt ich mich beglückt!
Dort erblick ich schöne Hügel,
    Ewig jung und ewig grün!
Hätt ich Schwingen, hätt ich Flügel,
    Nach den Hügeln zög ich hin.

Harmonien hör ich klingen,
    Töne süßer Himmelsruh,
Und die leichten Winde bringen
    Mir der Düfte Balsam zu,
Goldne Früchte seh ich glühen,

Winkend zwischen dunkelm Laub,
Und die Blumen, die dort blühen,
Werden keines Winters Raub.

Ach wie schön muß sichs ergehen
Dort im ewgen Sonnenschein,
Und die Luft auf jenen Höhen,
O wie labend muß sie sein!
Doch mir wehrt des Stromes Toben,
Der ergrimmt dazwischen braust,
Seine Wellen sind gehoben,
Daß die Seele mir ergraust.

Einen Nachen seh ich schwanken,
Aber ach! der Fährmann fehlt.
Frisch hinein und ohne Wanken,
Seine Segel sind beseelt.
Du mußt glauben, du mußt wagen,
Denn die Götter leihn kein Pfand,
Nur ein Wunder kann dich tragen
In das schöne Wunderland.

Der Pilgrim

Noch in meines Lebens Lenze
War ich, und ich wandert aus,
Und der Jugend frohe Tänze
Ließ ich in des Vaters Haus.

All mein Erbteil, meine Habe
  Warf ich fröhlich glaubend hin,
Und am leichten Pilgerstabe
  Zog ich fort mit Kindersinn.

Denn mich trieb ein mächtig Hoffen
  Und ein dunkles Glaubenswort,
»Wandle« riefs, »der Weg ist offen,
  Immer nach dem Aufgang fort.

Bis zu einer goldnen Pforten
  Du gelangst, da gehst du ein,
Denn das Irdische wird dorten
  Himmlisch unvergänglich sein.«

Abend wards und wurde Morgen,
  Nimmer, nimmer stand ich still,
Aber immer bliebs verborgen,
  Was ich suche, was ich will.

Berge lagen mir im Wege,
  Ströme hemmten meinen Fuß,
Über Schlünde baut ich Stege,
  Brücken durch den wilden Fluß.

Und zu eines Stroms Gestaden
  Kam ich, der nach Morgen floß,
Froh vertrauend seinem Faden,
  Werf ich mich in seinen Schoß.

Hin zu einem großen Meere
   Trieb mich seiner Wellen Spiel,
Vor mir liegts in weiter Leere,
   Näher bin ich nicht dem Ziel.

Ach, kein Steg will dahin führen,
   Ach, der Himmel über mir
Will die Erde nie berühren,
   Und das Dort ist niemals Hier.

Berglied

   Am Abgrund leitet der schwindligte Steg,
Er führt zwischen Leben und Sterben,
Es sperren die Riesen den einsamen Weg
Und drohen dir ewig Verderben,
Und willst du die schlafende Löwin* nicht wecken,
So wandle still durch die Straße der Schrecken.

   Es schwebt eine Brücke, hoch über den Rand
Der furchtbaren Tiefe gebogen,
Sie ward nicht erbauet von Menschenhand,
Es hätte sichs keiner verwogen,
Der Strom braust unter ihr spat und früh,
Speit ewig hinauf und zertrümmert sie nie.

* Löwin, an einigen Orten der Schweiz der verdorbene Ausdruck für Lawine.

Es öffnet sich schwarz ein schauriges *Tor,*
Du glaubst dich im Reiche der Schatten,
Da tut sich ein lachend Gelände hervor,
Wo der Herbst und der Frühling sich gatten,
Aus des Lebens Mühen und ewiger Qual
Möcht ich fliehen in dieses glückselige *Tal.*

Vier *Ströme* brausen hinab in das Feld,
Ihr Quell, der ist ewig verborgen,
Sie fließen nach allen vier Straßen der Welt,
Nach Abend, Nord, Mittag und Morgen,
Und wie die Mutter sie rauschend geboren,
Fort fliehn sie und bleiben sich ewig verloren.

Zwei *Zinken* ragen ins Blaue der Luft,
Hoch über der Menschen Geschlechter,
Drauf tanzen, umschleiert mit goldenem Duft,
Die Wolken, die himmlischen Töchter.
Sie halten dort oben den einsamen Reihn,
Da stellt sich kein Zeuge, kein irdischer, ein.

Es sitzt die Königin hoch und klar
Auf unvergänglichem Throne,
Die Stirn umkränzt sie sich wunderbar
Mit diamantener Krone,
Drauf schießt die Sonne die Pfeile von Licht,
Sie vergolden sie nur und erwärmen sie nicht.

Die vier Weltalter

Wohl perlet im Glase der purpurne Wein,
  Wohl glänzen die Augen der Gäste,
Es zeigt sich der Sänger, er tritt herein,
  Zu dem Guten bringt er das Beste,
Denn ohne die Leier im himmlischen Saal
Ist die Freude gemein auch beim Nektarmahl.

Ihm gaben die Götter das reine Gemüt,
  Wo die Welt sich, die ewige, spiegelt,
Er hat alles gesehn, was auf Erden geschieht,
  Und was uns die Zukunft versiegelt,
Er saß in der Götter urältestem Rat
Und behorchte der Dinge geheimste Saat.

Er breitet es lustig und glänzend aus,
  Das zusammengefaltete Leben,
Zum Tempel schmückt er das irdische Haus,
  Ihm hat es die Muse gegeben,
Kein Dach ist so niedrig, keine Hütte so klein,
Er führt einen Himmel voll Götter hinein.

Und wie der erfindende Sohn des Zeus
  Auf des Schildes einfachem Runde
Die Erde, das Meer und den Sternenkreis
  Gebildet mit göttlicher Kunde,
So drückt er ein Bild des unendlichen All
In des Augenblicks flüchtig verrauschenden Schall.

Er kommt aus dem kindlichen Alter der Welt,
Wo die Völker sich jugendlich freuten,
Er hat sich, ein fröhlicher Wandrer, gesellt
Zu allen Geschlechtern und Zeiten.
Vier Menschenalter hat er gesehn
Und läßt sie am *fünften* vorübergehn.

Erst regierte Saturnus schlicht und gerecht,
Da war es heute wie morgen,
Da lebten die Hirten, ein harmlos Geschlecht,
Und brauchten für gar nichts zu sorgen,
Sie liebten und taten weiter nichts mehr,
Die Erde gab alles freiwillig her.

Drauf kam die Arbeit, der Kampf begann
Mit Ungeheuern und Drachen,
Und die Helden fingen, die Herrscher an,
Und den Mächtigen suchten die Schwachen,
Und der Streit zog in des Skamanders Feld,
Doch die Schönheit war immer der Gott der Welt.

Aus dem Kampf ging endlich der Sieg hervor,
Und der Kraft entblühte die Milde,
Da sangen die Musen im himmlischen Chor,
Da erhuben sich Göttergebilde!
Das Alter der göttlichen Phantasie,
Es ist verschwunden, es kehret nie.

Die Götter sanken vom Himmelsthron,
Es stürzten die herrlichen Säulen,
Und geboren wurde der Jungfrau Sohn,
Die Gebrechen der Erde zu heilen,
Verbannt ward der Sinne flüchtige Lust,
Und der Mensch griff *denkend* in seine Brust.

Und der eitle, der üppige Reiz entwich,
Der die frohe Jugendwelt zierte,
Der Mönch und die Nonne zergeißelten sich,
Und der eiserne Ritter turnierte.
Doch war das Leben auch finster und wild,
So blieb doch die Liebe lieblich und mild.

Und einen heiligen, keuschen Altar
Bewahrten sich stille die Musen,
Es lebte, was edel und sittlich war,
In der Frauen züchtigem Busen,
Die Flamme des Liedes entbrannte neu
An der schönen Minne und Liebestreu.

Drum soll auch ein ewiges zartes Band
Die Frauen, die Sänger umflechten,
Sie wirken und weben Hand in Hand
Den Gürtel des Schönen und Rechten.
Gesang und Liebe in schönem Verein,
Sie erhalten dem Leben den Jugendschein.

An die Freunde

Lieben Freunde! Es gab schönre Zeiten
Als die unsern – das ist nicht zu streiten!
Und ein edler Volk hat einst gelebt.
Könnte die Geschichte davon schweigen,
Tausend Steine würden redend zeugen,
Die man aus dem Schoß der Erde gräbt.
  Doch es ist dahin, es ist verschwunden,
  Dieses hochbegünstigte Geschlecht.
  Wir, wir *leben!* Unser sind die Stunden,
  Und der Lebende hat recht.

Freunde! Es gibt glücklichere Zonen
Als das Land, worin wir leidlich wohnen,
Wie der weitgereiste Wandrer spricht.
Aber hat *Natur* uns viel entzogen,
War die *Kunst* uns freundlich doch gewogen,
Unser Herz erwarmt an *ihrem* Licht.
  Will der Lorbeer hier sich nicht gewöhnen,
  Wird die Myrte unsers Winters Raub,
  Grünet doch, die Schläfe zu bekrönen,
  Uns der Rebe muntres Laub.

Wohl von größerm Leben mag es rauschen,
Wo vier Welten ihre Schätze tauschen,
An der Themse, auf dem Markt der Welt.
Tausend Schiffe landen an und gehen,

Da ist jedes Köstliche zu sehen,
Und es herrscht der Erde Gott, das Geld.
  Aber nicht im trüben Schlamm der Bäche,
  Der von wilden Regengüssen schwillt,
  Auf des stillen Baches ebner Fläche
  Spiegelt sich das Sonnenbild.

Prächtiger als *wir* in unserm Norden
Wohnt der Bettler an der Engelspforten,
Denn er sieht das ewig einzge Rom!
Ihn umgibt der Schönheit Glanzgewimmel,
Und ein zweiter Himmel in den Himmel
Steigt Sankt Peters wunderbarer Dom.
  Aber Rom in allem seinem Glanze
  Ist ein Grab nur der Vergangenheit,
  Leben duftet nur die frische Pflanze,
  Die die grüne Stunde streut.

Größres mag sich anderswo begeben,
Als bei uns in unserm kleinen Leben,
Neues – hat die Sonne nie gesehn.
Sehn wir doch das Große *aller* Zeiten
Auf den Brettern, die die Welt bedeuten,
Sinnvoll, still an uns vorübergehn.
  Alles wiederholt sich nur im Leben,
  Ewig jung ist nur die Phantasie,
  Was sich nie und nirgends hat begeben,
  Das allein veraltet nie!

Punschlied

Vier Elemente,
Innig gesellt,
Bilden das Leben,
Bauen die Welt.

Preßt der Zitrone
Saftigen Stern,
Herb ist des Lebens
Innerster Kern.

Jetzt mit des Zuckers
Linderndem Saft
Zähmet die herbe
Brennende Kraft.

Gießet des Wassers
Sprudelnden Schwall,
Wasser umfänget
Ruhig das All.

Tropfen des Geistes
Gießet hinein,
Leben dem Leben
Gibt er allein.

Eh es verduftet,
Schöpfet es schnell,
Nur wenn er glühet,
Labet der Quell.

Die Gunst des Augenblicks

Und so finden wir uns wieder
   In dem heitern bunten Reihn,
Und es soll der Kranz der Lieder
   Frisch und grün geflochten sein.

Aber wem der Götter bringen
   Wir des Liedes ersten Zoll?
Ihn vor allen laßt uns singen,
   Der die Freude schaffen soll.

Denn was frommt es, daß mit Leben
   Ceres den Altar geschmückt?
Daß den Purpursaft der Reben
   Bacchus in die Schale drückt?

Zückt vom Himmel nicht der Funken,
   Der den Herd in Flammen setzt,
Ist der Geist nicht feuertrunken,
   Und das Herz bleibt unergetzt.

Aus den Wolken muß es fallen,
   Aus der Götter Schoß das Glück,
Und der mächtigste von allen
   Herrschern ist der Augenblick.

Von dem allerersten Werden
   Der unendlichen Natur
Alles Göttliche auf Erden
   Ist ein Lichtgedanke nur.

Langsam in dem Lauf der Horen
   Füget sich der Stein zum Stein,
Schnell, wie es der Geist geboren,
   Will das Werk empfunden sein.

Wie im hellen Sonnenblicke
   Sich ein Farbenteppich webt,
Wie auf ihrer bunten Brücke
   Iris durch den Himmel schwebt,

So ist jede schöne Gabe
   Flüchtig wie des Blitzes Schein,
Schnell in ihrem düstern Grabe
   Schließt die Nacht sie wieder ein.

[Rätsel]

Kennst du das Bild auf zartem Grunde,
Es gibt sich selber Licht und Glanz.
Ein andres ists zu jeder Stunde,
Und immer ist es frisch und ganz.
Im engsten Raum ists ausgeführet,
Der kleinste Rahmen faßt es ein,
Doch alle Größe, die dich rühret,
Kennst du durch dieses Bild allein.

Und kannst du den Kristall mir nennen,
Ihm gleicht an Wert kein Edelstein,
Er leuchtet, ohne je zu brennen,
Das ganze Weltall saugt er ein.
Der Himmel selbst ist abgemalet
In seinem wundervollen Ring,
Und doch ist, was er von sich strahlet,
Noch schöner, als was er empfing.

Dies zarte Bild, das in den kleinsten Rahmen
Gefaßt, das Unermeßliche uns zeigt,
Und der Kristall, in dem dies Bild sich malt,
Und der noch Schönres von sich strahlt,
Er ist das *Aug,* in das die Welt sich drückt,
Dein Auge ists, wenn es mir Liebe blickt.

Das Lied von der Glocke

Vivos voco
Mortuos plango
Fulgura frango

Fest gemauert in der Erden
Steht die Form, aus Lehm gebrannt.
Heute muß die Glocke werden,
Frisch, Gesellen! seid zur Hand.
  Von der Stirne heiß
  Rinnen muß der Schweiß,
Soll das Werk den Meister loben,
Doch der Segen kommt von oben.

Zum Werke, das wir ernst bereiten,
Geziemt sich wohl ein ernstes Wort;
Wenn gute Reden sie begleiten,
Dann fließt die Arbeit munter fort.
So laßt uns jetzt mit Fleiß betrachten,
Was durch die schwache Kraft entspringt,
Den schlechten Mann muß man verachten,
Der nie bedacht, was er vollbringt.
Das ists ja, was den Menschen zieret,
Und dazu ward ihm der Verstand,
Daß er im innern Herzen spüret,
Was er erschafft mit seiner Hand.

Nehmet Holz vom Fichtenstamme,
Doch recht trocken laßt es sein,
Daß die eingepreßte Flamme
Schlage zu dem Schwalch hinein.
    Kocht des Kupfers Brei,
    Schnell das Zinn herbei,
Daß die zähe Glockenspeise
Fließe nach der rechten Weise.

Was in des Dammes tiefer Grube
Die Hand mit Feuers Hülfe baut,
Hoch auf des Turmes Glockenstube
Da wird es von uns zeugen laut.
Noch dauern wirds in späten Tagen
Und rühren vieler Menschen Ohr
Und wird mit dem Betrübten klagen
Und stimmen zu der Andacht Chor.
Was unten tief dem Erdensohne
Das wechselnde Verhängnis bringt,
Das schlägt an die metallne Krone,
Die es erbaulich weiterklingt.

Weiße Blasen seh ich springen,
Wohl! die Massen sind im Fluß.
Laßts mit Aschensalz durchdringen,
Das befördert schnell den Guß.

Auch von Schaume rein
Muß die Mischung sein,
Daß vom reinlichen Metalle
Rein und voll die Stimme schalle.

Denn mit der Freude Feierklange
Begrüßt sie das geliebte Kind
Auf seines Lebens erstem Gange,
Den es in Schlafes Arm beginnt;
Ihm ruhen noch im Zeitenschoße
Die schwarzen und die heitern Lose,
Der Mutterliebe zarte Sorgen
Bewachen seinen goldnen Morgen. –
Die Jahre fliehen pfeilgeschwind.
Vom Mädchen reißt sich stolz der Knabe,
Er stürmt ins Leben wild hinaus,
Durchmißt die Welt am Wanderstabe.
Fremd kehrt er heim ins Vaterhaus,
Und herrlich, in der Jugend Prangen,
Wie ein Gebild aus Himmelshöhn,
Mit züchtigen, verschämten Wangen
Sieht er die Jungfrau vor sich stehn.
Da faßt ein namenloses Sehnen
Des Jünglings Herz, er irrt allein,
Aus seinen Augen brechen Tränen,
Er flieht der Brüder wilden Reihn.
Errötend folgt er ihren Spuren
Und ist von ihrem Gruß beglückt,

Das Schönste sucht er auf den Fluren,
Womit er seine Liebe schmückt.
O! zarte Sehnsucht, süßes Hoffen,
Der ersten Liebe goldne Zeit,
Das Auge sieht den Himmel offen,
Es schwelgt das Herz in Seligkeit,
O! daß sie ewig grünen bliebe,
Die schöne Zeit der jungen Liebe!

Wie sich schon die Pfeifen bräunen!
Dieses Stäbchen tauch ich ein,
Sehn wirs überglast erscheinen,
Wirds zum Gusse zeitig sein.
Jetzt, Gesellen, frisch!
Prüft mir das Gemisch,
Ob das Spröde mit dem Weichen
Sich vereint zum guten Zeichen.

Denn wo das Strenge mit dem Zarten,
Wo Starkes sich und Mildes paarten,
Da gibt es einen guten Klang.
Drum prüfe, wer sich ewig bindet,
Ob sich das Herz zum Herzen findet!
Der Wahn ist kurz, die Reu ist lang.
Lieblich in der Bräute Locken
Spielt der jungfräuliche Kranz,
Wenn die hellen Kirchenglocken
Laden zu des Festes Glanz.

Ach! des Lebens schönste Feier
Endigt auch den Lebensmai,
Mit dem Gürtel, mit dem Schleier
Reißt der schöne Wahn entzwei.
Die Leidenschaft flieht!
Die Liebe muß bleiben,
Die Blume verblüht,
Die Frucht muß treiben.
Der Mann muß hinaus
Ins feindliche Leben,
Muß wirken und streben
Und pflanzen und schaffen,
Erlisten, erraffen,
Muß wetten und wagen,
Das Glück zu erjagen.
Da strömet herbei die unendliche Gabe,
Es füllt sich der Speicher mit köstlicher Habe,
Die Räume wachsen, es dehnt sich das Haus.
Und drinnen waltet
Die züchtige Hausfrau,
Die Mutter der Kinder,
Und herrschet weise
Im häuslichen Kreise,
Und lehret die Mädchen
Und wehret den Knaben,
Und reget ohn Ende
Die fleißigen Hände,

Und mehrt den Gewinn
Mit ordnendem Sinn.
Und füllet mit Schätzen die duftenden Laden,
Und dreht um die schnurrende Spindel den Faden,
Und sammelt im reinlich geglätteten Schrein
Die schimmernde Wolle, den schneeigten Lein,
Und füget zum Guten den Glanz und den Schimmer,
Und ruhet nimmer.

Und der Vater mit frohem Blick
Von des Hauses weitschauendem Giebel
Überzählet sein blühend Glück,
Siehet der Pfosten ragende Bäume
Und der Scheunen gefüllte Räume
Und die Speicher, vom Segen gebogen,
Und des Kornes bewegte Wogen,
Rühmt sich mit stolzem Mund:
Fest, wie der Erde Grund,
Gegen des Unglücks Macht
Steht mir des Hauses Pracht!
Doch mit des Geschickes Mächten
Ist kein ewger Bund zu flechten,
Und das Unglück schreitet schnell.

Wohl! Nun kann der Guß beginnen,
Schön gezacket ist der Bruch.
Doch, bevor wirs lassen rinnen,
Betet einen frommen Spruch!

Stoßt den Zapfen aus!
Gott bewahr das Haus.
Rauchend in des Henkels Bogen
Schießts mit feuerbraunen Wogen.

Wohltätig ist des Feuers Macht,
Wenn sie der Mensch bezähmt, bewacht,
Und was er bildet, was er schafft,
Das dankt er dieser Himmelskraft;
Doch furchtbar wird die Himmelskraft,
Wenn sie der Fessel sich entrafft,
Einhertritt auf der eignen Spur
Die freie Tochter der Natur.
Wehe, wenn sie losgelassen
Wachsend ohne Widerstand
Durch die volkbelebten Gassen
Wälzt den ungeheuren Brand!
Denn die Elemente hassen
Das Gebild der Menschenhand.
Aus der Wolke
Quillt der Segen,
Strömt der Regen,
Aus der Wolke, ohne Wahl,
Zuckt der Strahl!
Hört ihrs wimmern hoch vom Turm?
Das ist Sturm!
Rot wie Blut
Ist der Himmel,
Das ist nicht des Tages Glut!

Welch Getümmel
Straßen auf!
Dampf wallt auf!
Flackernd steigt die Feuersäule,
Durch der Straße lange Zeile
Wächst es fort mit Windeseile,
Kochend wie aus Ofens Rachen
Glühn die Lüfte, Balken krachen,
Pfosten stürzen, Fenster klirren,
Kinder jammern, Mütter irren,
Tiere wimmern
Unter Trümmern,
Alles rennet, rettet, flüchtet,
Taghell ist die Nacht gelichtet,
Durch der Hände lange Kette
Um die Wette
Fliegt der Eimer, hoch im Bogen
Sprützen Quellen, Wasserwogen.
Heulend kommt der Sturm geflogen,
Der die Flamme brausend sucht.
Prasselnd in die dürre Frucht
Fällt sie, in des Speichers Räume,
In der Sparren dürre Bäume,
Und als wollte sie im Wehen
Mit sich fort der Erde Wucht
Reißen, in gewaltger Flucht,
Wächst sie in des Himmels Höhen
Riesengroß!

Hoffnungslos
Weicht der Mensch der Götterstärke,
Müßig sieht er seine Werke
Und bewundernd untergehen.

Leergebrannt
Ist die Stätte,
Wilder Stürme rauhes Bette,
In den öden Fensterhöhlen
Wohnt das Grauen,
Und des Himmels Wolken schauen
Hoch hinein.

Einen Blick
Nach dem Grabe
Seiner Habe
Sendet noch der Mensch zurück –
Greift fröhlich dann zum Wanderstabe,
Was Feuers Wut ihm auch geraubt,
Ein süßer Trost ist ihm geblieben,
Er zählt die Häupter seiner Lieben,
Und sieh! ihm fehlt kein teures Haupt.

In die Erd ists aufgenommen,
Glücklich ist die Form gefüllt,
Wirds auch schön zutage kommen,
Daß es Fleiß und Kunst vergilt?

Wenn der Guß mißlang?
Wenn die Form zersprang?
Ach! vielleicht, indem wir hoffen,
Hat uns Unheil schon getroffen.

Dem dunkeln Schoß der heilgen Erde
Vertrauen wir der Hände Tat,
Vertraut der Sämann seine Saat
Und hofft, daß sie entkeimen werde
Zum Segen, nach des Himmels Rat.
Noch köstlicheren Samen bergen
Wir traurend in der Erde Schoß
Und hoffen, daß er aus den Särgen
Erblühen soll zu schönerm Los.

Von dem Dome,
Schwer und bang,
Tönt die Glocke
Grabgesang.
Ernst begleiten ihre Trauerschläge
Einen Wandrer auf dem letzten Wege.

Ach! die Gattin ists, die teure,
Ach! es ist die treue Mutter,
Die der schwarze Fürst der Schatten
Wegführt aus dem Arm des Gatten,
Aus der zarten Kinder Schar,
Die sie blühend ihm gebar,

Die sie an der treuen Brust
Wachsen sah mit Mutterlust –
Ach! des Hauses zarte Bande
Sind gelöst auf immerdar,
Denn sie wohnt im Schattenlande,
Die des Hauses Mutter war,
Denn es fehlt ihr treues Walten,
Ihre Sorge wacht nicht mehr,
An verwaister Stätte schalten
Wird die Fremde, liebeleer.

Bis die Glocke sich verkühlet,
Laßt die strenge Arbeit ruhn,
Wie im Laub der Vogel spielet,
Mag sich jeder gütlich tun.
Winkt der Sterne Licht,
Ledig aller Pflicht
Hört der Pursch die Vesper schlagen,
Meister muß sich immer plagen.

Munter fördert seine Schritte
Fern im wilden Forst der Wandrer
Nach der lieben Heimathütte.
Blökend ziehen heim die Schafe,
Und der Rinder
Breitgestirnte, glatte Scharen
Kommen brüllend,
Die gewohnten Ställe füllend.

Schwer herein
Schwankt der Wagen,
Kornbeladen,
Bunt von Farben
Auf den Garben
Liegt der Kranz,
Und das junge Volk der Schnitter
Fliegt zum Tanz.
Markt und Straße werden stiller,
Um des Lichts gesellge Flamme
Sammeln sich die Hausbewohner,
Und das Stadttor schließt sich knarrend.
Schwarz bedecket
Sich die Erde,
Doch den sichern Bürger schrecket
Nicht die Nacht,
Die den Bösen gräßlich wecket,
Denn das Auge des Gesetzes wacht.

Heilge Ordnung, segenreiche
Himmelstochter, die das Gleiche
Frei und leicht und freudig bindet,
Die der Städte Bau gegründet,
Die herein von den Gefilden
Rief den ungesellgen Wilden,
Eintrat in der Menschen Hütten,
Sie gewöhnt zu sanften Sitten
Und das teuerste der Bande
Wob, den Trieb zum Vaterlande!

Tausend fleißge Hände regen,
Helfen sich in munterm Bund,
Und in feurigem Bewegen
Werden alle Kräfte kund.
Meister rührt sich und Geselle
In der Freiheit heilgem Schutz.
Jeder freut sich seiner Stelle,
Bietet dem Verächter Trutz.
Arbeit ist des Bürgers Zierde,
Segen ist der Mühe Preis,
Ehrt den König seine Würde,
Ehret *uns* der Hände Fleiß.

Holder Friede,
Süße Eintracht,
Weilet, weilet
Freundlich über dieser Stadt!
Möge nie der Tag erscheinen,
Wo des rauhen Krieges Horden
Dieses stille Tal durchtoben,
Wo der Himmel,
Den des Abends sanfte Röte
Lieblich malt,
Von der Dörfer, von der Städte
Wildem Brande schrecklich strahlt!

Nun zerbrecht mir das Gebäude,
Seine Absicht hats erfüllt,
Daß sich Herz und Auge weide
An dem wohlgelungnen Bild.
  Schwingt den Hammer, schwingt,
  Bis der Mantel springt,
Wenn die Glock soll auferstehen,
Muß die Form in Stücken gehen.

Der Meister kann die Form zerbrechen
Mit weiser Hand, zur rechten Zeit,
Doch wehe, wenn in Flammenbächen
Das glühnde Erz sich selbst befreit!
Blindwütend mit des Donners Krachen
Zersprengt es das geborstne Haus,
Und wie aus offnem Höllenrachen
Speit es Verderben zündend aus;
Wo rohe Kräfte sinnlos walten,
Da kann sich kein Gebild gestalten,
Wenn sich die Völker selbst befrein,
Da kann die Wohlfahrt nicht gedeihn.

Weh, wenn sich in dem Schoß der Städte
Der Feuerzunder still gehäuft,
Das Volk, zerreißend seine Kette,
Zur Eigenhilfe schrecklich greift!

Da zerret an der Glocke Strängen
Der Aufruhr, daß sie heulend schallt
Und, nur geweiht zu Friedensklängen,
Die Losung anstimmt zur Gewalt.
Freiheit und Gleichheit! hört man schallen,
Der ruhge Bürger greift zur Wehr,
Die Straßen füllen sich, die Hallen,
Und Würgerbanden ziehn umher,
Da werden Weiber zu Hyänen
Und treiben mit Entsetzen Scherz,
Noch zuckend, mit des Panthers Zähnen,
Zerreißen sie des Feindes Herz.
Nichts Heiliges ist mehr, es lösen
Sich alle Bande frommer Scheu,
Der Gute räumt den Platz dem Bösen,
Und alle Laster walten frei.
Gefährlich ists, den Leu zu wecken,
Verderblich ist des Tigers Zahn,
Jedoch der schrecklichste der Schrecken,
Das ist der Mensch in seinem Wahn.
Weh denen, die dem Ewigblinden
Des Lichtes Himmelsfackel leihn!
Sie strahlt ihm nicht, sie kann nur zünden
Und äschert Städt und Länder ein.

Freude hat mir Gott gegeben!
Sehet! wie ein goldner Stern
Aus der Hülse, blank und eben,
Schält sich der metallne Kern.

Von dem Helm zum Kranz
Spielts wie Sonnenglanz,
Auch des Wappens nette Schilder
Loben den erfahrnen Bilder.

Herein! herein!
Gesellen alle, schließt den Reihen,
Daß wir die Glocke taufend weihen,
Concordia soll ihr Name sein,
Zur Eintracht, zu herzinnigem Vereine
Versammle sie die liebende Gemeine.

Und dies sei fortan ihr Beruf,
Wozu der Meister sie erschuf!
Hoch überm niedern Erdenleben
Soll sie in blauem Himmelszelt
Die Nachbarin des Donners schweben
Und grenzen an die Sternenwelt,
Soll eine Stimme sein von oben,
Wie der Gestirne helle Schar,
Die ihren Schöpfer wandelnd loben
Und führen das bekränzte Jahr.
Nur ewigen und ernsten Dingen
Sei ihr metallner Mund geweiht,
Und stündlich mit den schnellen Schwingen
Berühr im Fluge sie die Zeit,

Dem Schicksal leihe sie die Zunge,
Selbst herzlos, ohne Mitgefühl,
Begleite sie mit ihrem Schwunge
Des Lebens wechselvolles Spiel.
Und wie der Klang im Ohr vergehet,
Der mächtig tönend ihr entschallt,
So lehre sie, daß nichts bestehet,
Daß alles Irdische verhallt.

Jetzo mit der Kraft des Stranges
Wiegt die Glock mir aus der Gruft,
Daß sie in das Reich des Klanges
Steige, in die Himmelsluft.
Ziehet, ziehet, hebt!
Sie bewegt sich, schwebt,
Freude dieser Stadt bedeute,
Friede sei ihr erst Geläute.

Der Antritt des neuen Jahrhunderts

An ***

Edler Freund! Wo öffnet sich dem Frieden,
Wo der Freiheit sich ein Zufluchtsort?
Das Jahrhundert ist im Sturm geschieden,
Und das neue öffnet sich mit Mord.

Und das Band der Länder ist gehoben,
Und die alten Formen stürzen ein;
Nicht das Weltmeer hemmt des Krieges Toben,
Nicht der Nilgott und der alte Rhein.

Zwo gewaltge Nationen ringen
Um der Welt alleinigen Besitz,
Aller Länder Freiheit zu verschlingen,
Schwingen sie den Dreizack und den Blitz.

Gold muß ihnen jede Landschaft wägen,
Und wie *Brennus* in der rohen Zeit
Legt der Franke seinen ehrnen Degen
In die Waage der Gerechtigkeit.

Seine Handelsflotten streckt der Brite
Gierig wie Polypenarme aus,
Und das Reich der freien Amphitrite
Will er schließen wie sein eignes Haus.

Zu des Südpols nie erblickten Sternen
Dringt sein rastlos ungehemmter Lauf,
Alle Inseln spürt er, alle fernen
Küsten – nur das Paradies nicht auf.

Ach umsonst auf allen Länderkarten
Spähst du nach dem seligen Gebiet,
Wo der Freiheit ewig grüner Garten,
Wo der Menschheit schöne Jugend blüht.

Endlos liegt die Welt vor deinen Blicken,
   Und die Schiffahrt selbst ermißt sie kaum,
Doch auf ihrem unermeßnen Rücken
   Ist für zehen Glückliche nicht Raum.

In des Herzens heilig stille Räume
   Mußt du fliehen aus des Lebens Drang,
Freiheit ist nur in dem Reich der Träume,
   Und das Schöne blüht nur im Gesang.

Abschied vom Leser

Die Muse schweigt, mit jungfräulichen Wangen,
Erröten im verschämten Angesicht,
Tritt sie vor dich, ihr Urteil zu empfangen,
Sie achtet es, doch fürchtet sie es nicht.
Des Guten Beifall wünscht sie zu erlangen,
Den Wahrheit rührt, den Flimmer nicht besticht,
Nur wem ein Herz empfänglich für das Schöne
Im Busen schlägt, ist wert, daß er sie kröne.

Nicht länger wollen diese Lieder leben,
Als bis ihr Klang ein fühlend Herz erfreut,
Mit schönern Phantasien es umgeben,
Zu höheren Gefühlen es geweiht;

Zur fernen Nachwelt wollen sie nicht schweben,
Sie tönten, sie verhallen in der Zeit.
Des Augenblickes Lust hat sie geboren,
Sie fliehen fort im leichten Tanz der Horen.

Der Lenz erwacht, auf den erwärmten Triften
Schießt frohes Leben jugendlich hervor,
Die Staude würzt die Luft mit Nektardüften,
Den Himmel füllt ein muntrer Sängerchor,
Und jung und alt ergeht sich in den Lüften
Und freuet sich und schwelgt mit Aug und Ohr.
Der Lenz entflieht! Die Blume schießt in Samen,
Und keine bleibt von allen, welche kamen.

Zu dieser Ausgabe

»Os magna sonaturum«, so charakterisierte Balthasar Haug, der Herausgeber des *Schwäbischen Magazins von gelehrten Sachen auf das Jahr 1776*, den Verfasser des Gedichts *Der Abend*. Der Verfasser war ein 17-jähriger Zögling der so genannten »Militairpflanzschule« auf der Solitude mit Namen Friedrich Schiller. Das bei Horaz entliehene prophetische Wort vom »Mund, der Großes singen wird«, sollte sich durchaus bewahrheiten, auch wenn der Lyriker Schiller bei den Zeitgenossen stets im Schatten des Dramatikers stand. Diese Einschätzung entsprach zuzeiten auch dem eigenen Bewusstsein des Dichters, der seine Gedichte für die seit 1803 geplante Prachtausgabe bei dem Leipziger Verleger Crusius deshalb einer strengen Revision unterzog. Nur knapp ein Drittel seiner in einem Vierteljahrhundert entstandenen Gedichte sollten dort als gültig erscheinen.

Jeder Herausgeber einer Auswahlausgabe sieht sich vor die Frage gestellt, was er wählt und nach welchen Gesichtspunkten er anordnen soll. Bei Sichtung der Gedichte ergab sich, ohne auf Schillers Revision für die Prachtausgabe zu schielen, ein dieser Auswahl vergleichbares Ergebnis. In den Kernbereichen wie bei den Elegien und Balladen gab es kaum Differenzen. Dies gilt auch für die so genannte »Gedankenlyrik« bzw. für die lyrischen Produkte, die unter der Bezeichnung »Philosophische Gedichte« rubriziert werden. Anders bei den Gedichten, die Schiller eher der Gattung »Lieder« zugeordnet hatte: Hier haben zweihundert Jahre bewundernde oder auch ablehnende Rezeption und natürlich das subjektive Empfinden des Auswählenden die meisten Abweichungen ergeben.

Was die von Schiller selbst als die »wilden Produkte eines jugendlichen Dilettantism«[1)] bezeichneten Gedichte der *Anthologie auf das Jahr 1782* betrifft, war die Entscheidung wiederum ziemlich konform. Verweigerte Schiller diesen Gedichten vom Standpunkt eines klassischen Anspruchs aus der Warte seiner reiferen Einsicht die Aufnahme in die Prachtausgabe, so legte hier die Umfangsbeschränkung den weitgehenden Verzicht nahe. Es verblieb demnach ein sehr bescheidener Rest jener frühen Lyrik, die zu zeigen vermag, wie die Erfüllung der Prophezeiung vom »Mund, der Großes singen wird« doch lange auf sich warten ließ. Haug selbst, der 1792 starb, konnte sie nur noch in Ansätzen erleben.

Das früheste von Schiller veröffentlichte Gedicht und die eigenartig aufeinander bezogene Dreiergruppe *Freigeisterei der Leidenschaft*, *Resignation* und das Lied *An die Freude*, die in etwa diese frühe Phase wilden Dilettantis-

1) Schillers Werke. Nationalausgabe. Hg. v. Norbert Oellers. Bd. 22, 112.

mus' begrenzte, verblieben als Belege aus der Zeit des Suchens nach der individuellen Handschrift und der persönlichen Eigenart von Schillers letztlich doch unvergleichbarer, sprich einzigartiger Lyrik.

Da die frühen Belege eine Art Chronologie markierten, wurde im Gegensatz zu Schillers Anordnung nach Gattungen die Zeit der lockere Gesichtspunkt der Zusammenstellung. So stehen die Balladen den Elegien nach, wobei gattungsmäßige Einordnungen durchaus bestehen bleiben konnten. Dagegen sind die Lieder bzw. die liedartigen Gedichte von jenen poetischen Produkten, die der Freund Körner inhaltlich am treffendsten als »Poesie der Betrachtung«[2)] bezeichnete, nur mit einer gewissen Gewaltsamkeit zu scheiden. Hier sind die formalen Zuordnungskriterien weitaus fließender, und so nehmen sich diese Rubriken die Freiheit zu einer Reihung nach individueller Vorliebe, die der Auswahl eine bescheidene eigene ästhetische Kontur geben soll.

Unerachtet aller Auswahl- und Anordnungskriterien, über die trefflich zu streiten sein mag, sollte natürlich ein ganz Entscheidendes nicht vergessen werden, das zum Wesentlichen eines solches Auswahlbändchens führt: Es gerät zur nochmaligen Verdichtung einer an sich schon ungeheuer verdichteten poetisch-lyrischen Produktion,

2) Schillers Werke. Nationalausgabe. Hg. v. Norbert Oellers. Bd. 2, Teil II A, 317.

die in wenigen, fast an einer Hand abzählbaren Jahren von Schiller geleistet wurde. Verbunden mit dieser quantitativen Leistung war eine Ausdifferenzierung von Schillers nun errungener poetischer Eigenart hin zu absoluter Meisterschaft. Sie kann und muss gegen die Einschätzung der Zeitgenossen, gegen die Selbsteinschätzung des Autors und die seiner Nachwelt ausdrücklich betont werden. Schillers Lyrik ist seinen dramatischen Produkten durchaus ebenbürtig, vorausgesetzt sie wird mit der richtigen Elle gemessen.

Schon das frühe Gedicht *Der Abend* zeigt ansatzweise Schillers poetische Individualität. Wenn Balthasar Haug dem jungen Verfasser bescheinigt, er habe sich gute Dichter zum Vorbild genommen – er nennt neben Haller und Schubart, neben Vergil und Shakespeare vor allem Friedrich Gottlieb Klopstock –, dann ist damit indirekt schon ein Programm ex negativo formuliert: Erlebnislyrik, gar magische Stimmungslyrik zukünftiger Romantik ist absolut ausgeschlossen, darf nicht erwartet werden. Allein schon die poetische Selbstreflexion des frühen Textes macht das überdeutlich. Die Bitte um Kraft »zu göttlichen Gesängen« und zu »paradiesischen Gefühlen« schließt solches kategorisch aus. Der große Gestus ist von Klopstock übernommen, und von ihm hat er vermutlich – Schubarts rebellischer Ton kommt erst später dazu – mehr als von allen andern Genannten gelernt. Klopstock vermittelte dem Junggenie die Gegenstände der Erhabenheit, die großen, kosmischen Handlungsfelder, in denen die neu entdeckten Natur- und Innerlichkeitsbereiche durch gedankliche Bestimmungen sogleich neu justiert wurden. Ein Fundus anschaulich-begrifflicher Bilder (Allegorien) und die Vermengung mit dem Bildervorrat, den die griechische Mythologie bereithielt, rundeten Schillers Möglichkeiten ab.

Die göttliche Weihe, die sich der Dichter für sein Gedicht angesichts seines heiligen Gegenstandes erbittet, wird ihm zum Versicherungsschein auf die Zukunft, ja sogar auf das Jenseits, in dem seine Harfenklänge dann das Optimum an Kühnheit, Tiefe und Helligkeit erreichen werden. Alles was Schillers Visualisierungskunst in den Fesseln der Sprache und was ihre Durchdringung mit Begrifflichkeit und Reflexion später ausmachen wird, ist hier bereits erkennbar. Noch ergeht er sich in den bekannten Bildern und Szenarien, die zur Vermittlung und Beförderung gleichfalls überlieferter Inhalte und Gedanken genutzt werden, aber im Hintergrund stehen schon die neuen Bild- und Begriffssysteme bereit, mit deren Hilfe seine poetische Signatur unverwechselbar wird.

Dennoch, der Austausch ging nur mit Mühen vonstatten und erforderte Geduld und seltsame Umwege. Das lyrische Fach war anders als das dramatische Ressort lange Zeit eine »uneroberte Provinz«, ein »Exilium«, wie die Briefformulierung vom 25. Februar 1789 an den Freund Körner zeigt. Die Äußerung fiel im Zusammenhang mit den neuen, programmatisch-poetischen Arbeiten, den

Göttern Griechenlandes und den *Künstlern.* In unserer Auswahl scheint es ein kurzer Sprung von den ungestümen Anfängen zu den eigenen Tönen, aber »der Schönheit stille Schattenlande« (vgl. das Gedicht *Das Ideal und das Leben*, das ursprünglich den Titel *Das Reich der Schatten* trug) verweigerten noch immer den schnellen Zutritt. Erst am 5. Oktober 1795 war die Provinz erobert. Goethe war zu Besuch in Jena; Schiller las ihm die im August/September entstandene *Elegie* (später unter dem Titel *Der Spaziergang* erschienen) vor. Am folgenden Tag ließ Goethe brieflich von Weimar aus wissen:

> »Ihren Gedichten hab ich auf meiner Rückkehr hauptsächlich nachgedacht; sie haben besondere Vorzüge, und ich möchte sagen, sie sind nun, wie ich sie vormals von Ihnen hoffte. Diese sonderbare Mischung von Anschauen und Abstraktionen, die in Ihrer Natur ist, zeigt sich nun in vollkommenem Gleichgewicht, und alle übrigen poetischen Tugenden treten in schöner Ordnung auf.«

Goethes einfühlsames Urteil, das war die Elle, mit der Schillers Lyrik gemessen werden wollte, mit der sie gefeit sein sollte vor den vielen Vorurteilen, mit denen sie fernerhin konfrontiert wurde: Unpoetisch sei sie, lautet die mildeste Aburteilung, zweitrangig weil rhetorisch aufgeblasen, voller affektiertem Pathos, von penetranter Lehrhaftigkeit und/oder Moral; ihr intellektueller Anspruch und die Überfrachtung durch die philosophische Idee ließen keine Individualitäten zu, sondern nur

Menschen in wirklichkeitsferner Abstraktion. Dagegen neigten die populär gewordenen, weil von dieser Überfrachtung freien Balladen in ihrer Tendenz zumeist zur Formulierung von banalen Alltagswahrheiten, zu philiströsen Vorurteilen und unfreiwilliger Komik.

Die Kritik offenbart bei allem Vorurteil die richtige Einsicht, dass es gewisse Eigentümlichkeiten von Schillers poetischem Stil gibt, die ihn unvergleichbar machen und die der Gegensatz von »Erlebnislyrik« und »Gedankenlyrik« durchaus zutreffend fasst. Diese Kritik bestätigt bei all ihrer Negativität doch letztlich den unverwechselbaren Charakter von Schillers lyrischem Werk, das seine Verteidiger im Umkehrverfahren durch die Überbetonung der philosophisch gegründeten Geschichts- und Kunstauffassung mit einer kaum überwindbaren Rezeptionshürde umstellen. Sie macht den unbelasteten Zugang fast unmöglich. Wenn z. B. einem Interpreten die Indizienkette seiner Beweisführung in einer durchaus vortrefflichen Abhandlung über das Gedicht *Resignation* geschlossen scheint, kann und darf der definitiv letzte Satz seiner Interpretation nicht lauten:

> »Nichts anderes hätten wir demnach in diesem Gedicht vor uns als das bedeutendste Zeugnis religionspsychologischer Hume-Rezeption in der Literatur der deutschen Spätaufklärung.«[3]

[3] Wolfgang Riedel: *Abschied von der Ewigkeit* [zu Schillers Gedicht *Resignation*]. In: Norbert Oellers (Hrsg.): *Interpretationen. Gedichte von Friedrich Schiller.* Stuttgart: Reclam 1996, S. 62 f.

Solches Fazit schreckt jeden Versuch ab, sich dem Text überhaupt zu nähern. Darüber hinaus wird hier zu kurz gesprungen. Wenn wir in diesem Gedicht wirklich »nichts anderes« vor uns hätten als nur dieses Zeugnis, man sollte Warnschilder aufstellen. Hier wird unzulässig ein noch sehr lebendiges poetisches Gebilde für die Gegenwart des Lesers als totes Eigentum für ein rein gymnastisches Interesse der Fachwelt reklamiert.

Selbstverständlich war, um das von Goethe behauptete Gleichgewicht von Anschauen und Abstraktionen zu erreichen, um die ästhetische Höhe und Qualität der klassischen Jahre ab 1795 zu behaupten, ein hoher Einsatz Schillers notwendig, musste Gedankenarbeit in erheblichem Ausmaß investiert werden. Die Investition betraf vor allem den Umweg über die theoretischen Schriften, in denen die Vorbereitung dessen erbracht wurde, was man Schillers Konzeption der sentimentalischen Poesie nennt. Die Entwicklung des Denkers von den Anfängen über seine diversen Rezeptionen (Hume wie Rousseau oder Kant) und die Entwicklung bis zum Punkt dieser Konzepte ist oft nachgezeichnet worden und in Analysen und Interpretationen eingegangen. Für die unbefangene Lektüre der Gedichte, für ihre Vermittlung als lebendiges Erbe geschah dies nicht immer zum Vorteil. Unmittelbare Annäherung und Zugang zu den Texten wurde damit nicht erleichtert, insbesondere nicht für die Rezeption der so genannten »Gedankenlyrik«. Das geläufige Beiwort »fundierter« Zugang schreibt die Aussageweise der Wissenschaft ohne Not unzulässig als unerlässliches Propädeutikum vor. Es muss aber anders sein; es ist tatsächlich umgekehrt.

Wenn eine apologetisch-kritische Rechtfertigung von Schillers Gedichten zur Rettung vor polemischer Kritik vom heutigen Leser seinerseits erwartet, die von Schiller investierte Gedankenarbeit zuerst im Nachvollzug zu erbringen, bevor er den heiligen Boden des Gedichts selbst betreten darf, stellt sich stets die Frage: Was muss ich vorab wissen, um ein Gedicht Schillers verstehen zu können? Diese Frage stand und steht furchteinflößend vor dem gleichwohl offenen Tor zu des Dichters Poesien. Die Frage begründete einerseits die (durchaus anspruchsvolle) Volkstümlichkeit der Balladen, an deren Beispiel sich zeigt, dass die Leser unbefangen durchs Tor gingen, und andererseits die Reserviertheit gegenüber der Poesie der Betrachtung. Ihre Wertschätzung wurde zwar nur von Polemikern angetastet, aber weil sie als Manifest einer klassischen, in der Theorie vorformulierten Kunst- oder Geschichtsauffassung für die Schillerverehrer schwer zugänglich war, zerfiel sie in Bruchstücke, zu Sentenzen mit Sprichwortcharakter. Banalisiert, trivialisiert und instrumentalisiert als »isolierte Deklamation«, als »geflügeltes Wort«, als »berühmte Stelle«, als »Denk- und Stammbuchspruch« wurde Schillers philosophische Lyrik populär.

Die vorgelegte Sammlung will, eingedenk dieses Dilemmas, zunächst zum vorbehaltlosen Lesen auffordern; sie will für heutige LeserInnen ein umgekehrter Animationsversuch sein. Treten Sie in Schillers Entwurf des Reichs der Schönheit ein: vorbehaltlos, wenngleich nicht ignorant, offen und unbelastet, gleichwohl der Mühen bewusst, die sich zweifellos einstellen werden. Versuchen Sie den Einstieg nach Gutdünken und seien Sie nicht gleich entmutigt, wenn Ihnen die Gedichte nicht in Unmittelbarkeit, eben als »Erlebnis« entgegentreten. Ein gewisses Durchhaltevermögen wird nötig sein; ohne die Mühen des Aufstiegs ist das Gipfelglück nicht zu haben, aber, so die Grundbedingung der Konzeption der sentimentalischen Poesie, das Gipfelglück ist nur hier zu haben. Nur die Kunst, nicht die Wissenschaft, nicht die Theorie und nicht die Philosophie darf als die vorrangige Aussageweise der Welt gelten. Ihre geistigen Gehalte offenbaren sich als eine sinnlich-ästhetische Erfahrung. Der Entwurf des Reichs der Schönheit, das Schöne selbst, es realisiert sich letztendlich nur im Gedicht und nicht in den Bezirken der diskursiven Ebenen. Schillers Auskünfte dazu sind eindeutig.

»Und das Schöne blüht nur im Gesang.«

Fast müßig zu sagen, dass es zunächst und vor allem Schillers eigener Gesang ist, der hier gemeint ist. Wenn wir uns darauf einlassen, in seinem »Feenland der Lieder« jene fabelhafte Spur einer verlorenen schönen Welt zu suchen, so könnte uns nach solchem Spaziergang im Reich der Schatten das Glück zuteil werden, dass sich idealische Zukunft augenblicksweise als Gegenwart erfüllt, dass sich dann jenes ereignet, was das Ende der großen Elegie, das Gedicht *Der Spaziergang* verheißt:

»Und die Sonne Homers, siehe! Sie lächelt auch uns.«

Joseph Kiermeier-Debre

Alphabetisches Verzeichnis der Gedichtüberschriften und Gedichtanfänge

Die vorliegende Auswahl von Schillers Gedichten folgt hinsichtlich des Abdrucks der Fassungen, der Orthographie und der Interpunktion der im Deutschen Taschenbuch Verlag erschienenen fünfbändigen Ausgabe: Friedrich Schiller: *Sämtliche Werke.* Hrsg. von Peter-André Alt, Albert Meier und Wolfgang Riedel auf der Grundlage der Text-Edition von Herbert G. Göpfert. München 2004 (= dtv 59068)
Die Gedichtüberschriften sind *»kursiv«* gesetzt, die Gedichtanfänge »recte«. Die Zahlen in runden Klammern – (*H* 1795) – hinter den Titeln informieren unerachtet der in dieser Ausgabe wiedergegebenen Druckfassung über das Jahr des Erstdrucks. Sie sind mit folgenden Siglen versehen:

F	=	*Flora. Teutschlands Töchtern geweiht. Eine Monatsschrift* (1797)
1G	=	*Gedichte. 1. Teil* (1800)
2G	=	*Gedichte. 2. Teil* (1803)
3G	=	*Gedichte. 1. Teil; 2. Auflage* (1804) [wenig verändert]
4G	=	*Gedichte. 2. Teil; 2., erweiterte Auflage* (1805)
GvWE	=	*Gesänge mit Begleitung der Chittarra eingerichtet von Wilhelm Ehlers. Tübingen 1804* (1804)
H	=	*Die Horen* (1795)
H	=	*Die Horen* (1797)
MA	=	*Musen-Almanach* (1796)
MA	=	*Musen-Almanach* (1797)
MA	=	*Musen-Almanach* (1798)
MA	=	*Musen-Almanach* (1799)
MA	=	*Musen-Almanach* (1800)

R	=	*Die Räuber* (1781)
SM	=	*Schwäbisches Magazin von gelehrten Sachen, Oktober 1776* (1776)
T	=	*Thalia* (1786)
Tb	=	*Taschenbuch für Damen auf das Jahr 1802* (1802)
Tb	=	*Taschenbuch für Damen auf das Jahr 1803* (1803)
Tb	=	*Taschenbuch für Damen auf das Jahr 1805* (1805)
TbzV	=	*Taschenbuch zum geselligen Vergnügen* (1803)
TM	=	*Der Teutsche Merkur* (1788)
TM	=	*Der Teutsche Merkur* (1789)
Tu	=	*Turandot. Nach Gozzi von Schiller. Tübingen 1802* (1802)

Friedrich Schiller in der dtv-Bibliothek der Erstausgaben

Herausgegeben von Joseph Kiermeier-Debre

Die Räuber
Ein Schauspiel
Frankfurt und
Leipzig 1781
ISBN 3-423-02601-4

Maria Stuart
Ein Trauerspiel
Tübingen 1801
ISBN 3-423-02611-1

Kabale und Liebe
Ein bürgerliches
Trauerspiel in fünf
Aufzügen
Mannheim 1784
ISBN 3-423-02622-7

Dom Karlos
Infant von Spanien
Leipzig 1787
ISBN 3-423-02636-7

Wilhelm Tell
Schauspiel
Tübingen 1804
ISBN 3-423-02647-2

Wallenstein
Ein dramatisches Gedicht
Tübingen 1800
Wallensteins Lager
Die Piccolomini
Wallensteins Tod
ISBN 3-423-02660-X

Jeder Band der dtv-Bibliothek der Erstausgaben enthält – neben dem originalgetreuen Abdruck des Textes – einen informativen Anhang: Anmerkungen zur Textgestalt, ein Glossar, Daten zu Leben und Werk sowie ein ausführliches Nachwort des Herausgebers zur Entstehungs- und Wirkungsgeschichte.